Demetrio Aguilera Malta
Joaquín Gallegos Lara
Enrique Gil Gilbert

LOS QUE SE VAN
Cuentos del cholo y del montuvio

ARIEL

CLÁSICOS
ECUATORIANOS

Título original:
Los que se van: Cuentos del cholo y del montuvio
Demetrio Aguilera Malta
Joaquín Gallegos Lara
Enrique Gil Gilbert

Texto original:
© 1971-1973 • **ARIEL** • **CLÁSICOS ARIEL** •

Tercera edición © 2020 • **ARIEL** • **CLÁSICOS ECUATORIANOS** •
Calle Nueva Ventura Aguilera N58-102 y Juan Molineros
Telf: 328 4494 / 328 1868
e-mail: editorial@radmandi.com
www.radmandi.com
Quito - Ecuador

Coordinación general: Lucas Marcelo Tayupanta
Dirección del proyecto: Jonathan Tayupanta Cárdenas
Diseño y diagramación: Viviana Vizuete Añasco
Mediación lectora: Sandra Araya
Ilustración portada: Nelson Jácome
Ilustraciones interiores: Paola y Gabriel Karolys Torres
Corrección de estilo: Xavier Tayupanta Cárdenas

ISBN: 978-9978-18-581-0

ARIEL

CLÁSICOS
ECUATORIANOS

CONSEJO EDITORIAL DE HONOR

LOS QUE SE VAN

Hernán Rodríguez Castelo

Seymour Menton en la antología del cuento hispanoamericano que, en buena parte por su calidad, más fortuna ha tenido, divide el cuento hispanoamericano en estas épocas: el romanticismo, el realismo, el naturalismo, el modernismo, el criollismo, el cosmopolitismo (surrealismo, el cubismo, realismo mágico, existencialismo) y neorrealismo[1]. En el criollismo aparecen por primera vez nombres ecuatorianos. Precedidos por el gran Horacio Quiroga y los mexicanos Martín Luis Guzmán, Jorge Ferretis y José Revueltas, están tres ecuatorianos. Resulta sobremanera significativo que los tres cuentos aquellos hayan visto la luz en el mismo libro, y cuando sus autores contaban entre dieciocho y veintiún años.

Tres contertulios del mismo círculo literario, tres muchachos guayaquileños, habían reunido sus cuentos para publicarlos, en 1930, con el título de *Los que se van*. Y aquella publicación, modestísima por su aspecto, puso en marcha el más poderoso movimiento de la literatura ecuatoriana del siglo XX: la novela de los años treinta-cuarenta.

....

[1] MENTON, Seymur. *El cuento hispanoamericano* (2 vol.). México: Fondo de Cultura Económica, 1964, (1° ed.).

5

El primero en saludar la aparición de *Los que se van* en todo lo que tenía de importante y podía tener de decisivo fue Benjamín Carrión, por ese entonces en París:

> El primer cuento que comencé a leer —ha recordado años más tarde en el *Nuevo relato ecuatoriano*— era de Gallegos Lara, me parece. A las primeras líneas, el encuentro triunfal con la *mala palabra*, con el crudo decir popular, sin eufemismos, ni iniciales pudibundas, ni puntos suspensivos después de las famosas iniciales. Todo eso salpimentado —como si fueran comas— de una cantidad apreciable de carajos y pendejos, orondos, impávidos, desvergonzados que, de inmediato, como los desnudos de museo o los angelitos fálicos de los púlpitos barrocos, nos gritaban su inocencia. Luego, pasé a un cuento de Aguilera Malta: con un poco de lirismo escondido, y una más aventurada y diáfana intención de poesía, pero también real, objetivo, másculo. Finalmente, me metí con Gil Gilbert: poderosa intensidad emocional, expresión directa, libre, con pureza sana y viril. Por fin…, me dije, entusiasmado. Por fin podré yo, en las reuniones con los amigos hispanoamericanos, hablar de la nueva literatura de mi Ecuador.[2]

Cuan justo haya sido ese entusiasmo de Carrión nos lo prueba cuanto ha sucedido desde aquel lejano 1930.

* * *

....

[2] CARRIÓN, Benjamín. *El nuevo relato ecuatoriano*. Quito: Casa de la Cultura Ecuatoriana, 1950, p. 180.

De los tres jóvenes, Joaquín Gallegos Lara (1911-1947) era el que más influjo ejercía sobre los otros dos. «Cuando yo conocí a Gallegos —me ha contado el propio Aguilera Malta— fue un verdadero deslumbramiento. Una de las personalidades más fuertes y más interesantes que yo haya conocido».[3] Probablemente suya fue la primera idea del libro. Él se la comunicó a Aguilera Malta que se hallaba por entonces corriendo mundo por Panamá, y él seleccionó los cuentos del ausente. Él dio con el título que haría fortuna, y lo explicó en los versos que sirven de epígrafe a la obra.

Autodidacta, cultísimo, dueño de una nutrida biblioteca en francés y latín —lenguas que dominaba—, Gallegos Lara apenas si produjo más en el cuento. En 1946, nos dio, en cambio, una de las mejores novelas ecuatorianas: *Las cruces sobre el agua.*

Demetrio Aguilera Malta (1909-1981) vivió en una isla que ha sido el escenario de al menos dos de sus grandes novelas. Durante la guerra española, escribió desde Madrid crónicas para revistas de América y Francia y un largo reportaje novelesco. Cultivó el teatro. Y, desertando también muy pronto del cuento, dio dos grandes novelas en la década del treinta al cuarenta: *Don Goyo* y *La isla virgen.* En 1970, ha vuelto a la novela, en pleno realismo mágico, con *Siete lunas y siete serpientes.*

Enrique Gil Gilbert (1912-1973) sería de los tres el más fiel al cuento, que solo habría de abandonar por la actividad política. En 1933, publicó otro tomo de cuentos: *Yunga,* y en 1939, uno de los más bellos libros que se haya escrito en nuestra literatura: *Los relatos de Emmanuel.* A

....

[3] «Demetrio Aguilera Malta, por el mismo». Entrevista. *Diario El Tiempo* de Quito, 23 de agosto de 1970.

la vuelta de años, en 1967, recogería, junto a cosas viejas, nuevos relatos, fechados en los años setenta. En 1942, ganó con su novela *Nuestro pan* el segundo premio del primer concurso Farrar & Rinehart. Con mayor entrega al quehacer literario, Gil Gilbert habría podido ser uno de los cuentistas más grandes de América.

La narrativa de Gallegos Lara, Aguilera Malta y Gil Gilbert tiene una base común. En los tres relatistas, hallamos parecida temática: es el requerimiento y la conquista del macho a la hembra; la venganza del macho traicionado; la fatalidad cebándose sobre los humanos; usos y costumbres de las gentes montuvias.

En los tres, el estilo es cortado y nervioso.

En los tres, el pensar y sentir de las gentes costeñas se refleja en el habla captada con gran fidelidad.

Los tres manejan con habilidad el diálogo, y sacan gran provecho de la conversa de sus personajes, tomada en fragmentos, en fugitivos momentos.

Los tres conjugan los pasajes del diálogo y de avance de la acción con otros en que se busca más directamente la belleza, fundamentalmente a base de metáforas de gran poder sintético.

Los tres aman las situaciones tremendas, y no retroceden ante ninguna pintura por cruel o cruda que parezca.

Pero, matizando este fondo común, cada uno de los autores de *Los que se van* tiene sus notas distintivas.

* * *

Gallegos Lara pinta de modo directo y desnudo la brutalidad humana. En «El guaraguao», la brutalidad de los asesinos —asesinato frío a mansalva— se contrapone a la fidelidad del guaraguao —gallinazo—, que muere defendiendo de sus congéneres el cadáver de su amo. El lenguaje sencillo, en pasaje sustantivo —casi no hay adjetivo: sustantivo y verbo en un estilo muy cortado—, con apenas una breve y aguda metáfora: «El alba floreaba de violetas los huecos del follaje que hacía encima un techo».

Gallegos es a menudo muy simple en sus relatos. En «Cuando parió la zamba» es tan flojo el enredo o tensión que apenas podría llamarse cuento.

Pero en cuentos sabe mostrarse artista y construir su historia. Así, ese hermoso relato que es «¡Era la mama!» son tres cuadros que recuerdan modos de construcción dramática. En el primero, se asesina brutalmente al negro. En el segundo, los asesinos llegan a la casa donde se esperaba la llegada del asesinado (esto el lector comienza a adivinarlo, y por ello la ironía trágica iba envolviendo todo). En el tercero, la madre descubre que el cadáver arrojado a la chanchera por los rurales de la víspera es el de su hijo.

Resulta interesante anotar que, más allá de la construcción, está la sencillez directa de Gallegos.

Y el toque vigoroso. ¡Qué descripción para escalofriante la del desgarrón aquel!:

> Lo tenía. Le había metido los dedos en la boca. El otro quería montar. El negro le hundía las manos abriéndole la boca sin sentir el dolor de los dientes. Y súbito tiró. Las mejillas del rural le dieron un escalofrío al rasgarse. Chillaron como el ruan que rasgan las mujeres cosiendo.

En suma, diríamos que Gallegos ama la simplicidad sustantiva del estilo, lo mismo compositivo que redaccional.

En «El tabacazo» otra vez estamos ante el avance más directo y simple de la historia.

Pero añadiendo que en el relato de Gallegos hay páginas magistrales. Magistral es esta de los «Los madereros» por su concisión y agudeza descriptiva:

> Las yuntas desembocan por la vuelta de la manga. En la pampita del playón. Los peones a caballo cantaban aún. Dirigiendo con sus palancas puntonas el andar de los bueyes.
>
> Un rumor sordo de truenos vagos y una polvareda se alzaba tras las alfajías. En medio, corría el hilo de chirriar de las toscas ruedas de rodaja de tronco de árbol.
>
> Los bueyes gigantes de petral de montaña y pezuñas de hierro tiraban con un impulso continuo de los tiburones de palo, de barriga roja medio descascarada.

* * *

Aguilera Malta titula los cuentos del volumen con igual comienzo: «El cholo que…», «El cholo que…», y por allí nos da una pista. Quiere ir completando, faceta a faceta, gesto a gesto, historia a historia, la imagen del mismo personaje anónimo, uno y múltiple, el cholo. De allí que en dos de sus cuentos el héroe tenga el mismo nombre.

Aguilera Mata es el novelista nato. Para él, sus cuentos son como pinceladas de un solo gran cuadro.

Aguilera Malta es más libre que Gallegos Lara en un sentido: no le importa ni buscar verosimilitud a sus casos ni explicar posibles inverosimilitudes. «El cholo del cuerito de venado» vuelve cansado y viejo a la mujer con la que se había acostado el primero. Y ella estaba esperándolo. El personaje de «El cholo que se castró» llega a su horrible mutilación de un modo gratuito. Esta libertad da un sabor épico a algunos relatos de Aguilera Malta.

En su construcción le gusta lo cíclico. El comienzo pesa sobre el final.

En cuanto al estilo, Aguilera Malta maneja muy bien la sucesión de cuadros cortos que crean un clima rápido y anhelante («El cholo que se castró», «El cholo que se fue pa Guayaquil»). Gusta mucho de la repetición. Ese «Y fue» que se repite tres veces, solo, en el comienzo de «El cholo del cuerito e venao».

Por fin, en los cuentos de Aguilera Malta, el hombre y la mujer se encuentran —o se enfrentan, más bien— solos. Mar y canoas, playas y manglares son escenario que hasta llega alguna vez a temblar ante el choque macho-hembra, pero son solo escenario. Y nadie turba a los amantes luchadores.

Especialmente impresionante es esa soledad que rodea al encuentro de hombre con la mujer en «El cholo que se vengó». Porque ese cuento es un monólogo. Al borde del mar, el hombre dice a la mujer que, aunque la amaba, se fue para dejarla sufrir.

Completan el repertorio de Aguilera Malta casos de obsesión: «El cholo del tibrón» o «El cholo que se fue pa Guayaquil». Menos logrados porque la rapidez impresionista, casi puntillista, no es camino para la penetración psicológica, y sin penetración psicológica, esos casos se quedan un poco a medias.

* * *

Gil Gilbert es el más lírico de los tres. Sin que parezcan algo distinto, sin que rompan con su aguda vibración estética el ritmo y el conjunto del cuento, hallamos en él pasajes así:

> La selva tropical silbaba su canción de verano. Los árboles danzaban al son de esa música.
> Había una penumbra inmensa, más trágica aún que la oscuridad completa.
> Los animales eran esputos en la inmensidad negra del cielo.
> Los árboles danzarinas lujuriosas.
> Había una casa de paja y en la casa había silencio. La casa estaba en la selva recién desflorada. («Por guardar el secreto»)

(Y en este clima de intenso lirismo, sin transición, el personaje sigue actuando. Formidable poder este de la narración lírica de Gil Gilbert, al que debemos, a más de los cuentos de *Los que se van* y otros, *Los relatos de Emmanuel*).

> El día se estrangulaba en la maraña verdinegra de los mangles.
> El violeta invadía con su tono dulce el ambiente. La brisa era la queja del día que agonizaba.
> Algún alacrán paseó su asquerosa figura sobre las tablas de caña. Las ranas entonaron su monorrítmica y cansada canción. («La blanca de los ojos color de luna»).

Gil Gilbert —pasajes como estos nos prueban por qué y cómo— es el que más atiende al ambiente de los tres relatistas.

Gil Gilbert, acaso sea por el modo más intenso de narrar que tiene, parece que narra casos más extremosos, más tremendos. En «Por guardar el secreto» el hijo mata al padre que estaba acostado con la madre, «Juan der Diablo» abre la cabeza con su machete a la mujer que lo enfermó.

Pero también es el más agudamente humano para penetrar en el caso trágico de la vida ordinaria. Y en este orden de cosas tiene en *Los que se van* cuentos magistrales: «El Malo» y «Lo que son las cosas».

A estos dos cuentos buena parte de su belleza, de su sobrecogedor poder, les viene el empleo que en ellos hace Gil Gilbert del coro.

El coro cruel y supersticioso que persigue al niño de «El Malo»; el coro simplemente curioso ante el dolor de Ña Gume. Y en «La blanca de los ojos de color de luna», el coro que acuña la especie «Rodorfo tiene pacto con er Malo».

* * *

Repasadas las notas distintas, importa retornar a los tres.

Destacar, una vez más, cómo sacaron de la entraña de nuestra costa seres y casos, y el habla montuvia; y con cuánta seguridad lo hicieron. A la riqueza del hallazgo, a la belleza de la forma y a la seguridad con que entregaron su obra, se debe que *Los que se van* haya sido el vigoroso golpe de timón que puso a la literatura ecuatoriana, definitivamente, de proa hacia aguas más hondas, más libres, más nuestras.

* * *

Los que se van vio la luz en Guayaquil, en 1930, por Zea & Paladines Editores.

CONSIDERACIONES SOBRE
LOS QUE SE VAN

Andrés Martín Castro

Dentro de la tradición literaria de nuestro país, el volumen de cuentos *Los que se van* marca un hito importante en nuestra narrativa. No solo que es fiel reflejo de una nueva estética, de un nuevo tratamiento de los personajes, de los ambientes, de los hechos, sino que manifiesta un mirar dentro de sí mismo, un aspecto fundamental que marcará no solo la literatura ecuatoriana, sino la latinoamericana: el volver a América y aceptar nuestro ser. Este texto de la Generación de los treinta representa todo un cambio ontológico dentro de nuestra literatura. Con estos parámetros, revisaremos el texto, aunque es pertinente que sepamos primero quiénes son sus autores.

El grupo de Guayaquil

Fue un grupo de escritores ecuatorianos que cultivó una literatura social de corte realista en la década de 1930, cuando lo dominante y novedoso en el campo de la literatura eran las vanguardias de corte cosmopolita.

La obra de Demetrio Aguilera, Joaquín Gallegos Lara y Enrique Gil Gilbert, *Los que se van*, constituyó el manifiesto de la nueva narrativa ecuatoriana, que contaba las historias de los cholos y los montuvios con un lenguaje popular, objetivista, descarnado y cinematográfico que, por otro lado, era el que correspondía a los conflictos que padecían los campesinos de la costa que los autores querían denunciar. El libro produjo un gran escándalo, y hasta Jorge Adoum, que salva la violencia del lenguaje porque es el que corresponde a los personajes, lo tachó de «simples cuadros costumbristas».

Estos autores pretendían reflejar en sus obras la situación histórica y social del país desde su militancia política socialista y antiimperialista; inauguraron una corriente de novela social mucho antes de que se diera en otras latitudes, y, además, encontraron continuadores en Ecuador, gracias a las obras del teórico del grupo que era Gallegos Lara, como fueron José de la Cuadra, Alfredo Pareja Diezcanseco, Humberto Salvador o Pedro Jorge Vera, entre otros.

Demetrio Aguilera Malta (1909-1981)

Fue escritor, dramaturgo y pintor de estilo realista. Nacido en Guayaquil, se adhirió muy joven al partido comunista y como periodista asistió a conflictos bélicos, como las guerras de la zona del Canal y la guerra civil española, experiencias que llevó a sus obras. Se centró en los conflictos indigenistas, en la situación social y cultural de los indios y mulatos en el campo de Ecuador. En sus novelas, sobre todo, enfatiza más las situaciones patéticas, propias de la novela social, que el retrato psicológico de sus personajes. Sin embargo, el hecho de que practicara un realismo literario propio de una época en que las letras estaban dominadas por las vanguardias estéticas cosmopolitas le dan una gran originalidad e importancia. El libro con el que se dio a conocer fue precisamente *Los que se van: Cuentos del cholo y del montuvio* (1930). En sus primeras obras, el tono es más realista, como *Canal zone* (1935) y *¡Madrid!* (1936); después, enriquece su obra con tradiciones, leyendas, supersticiones populares, con un estilo más lírico: *Don Goyo* (1933), *La isla virgen* (1943), *Siete lunas y siete serpientes* (1970). También hizo incursiones en la novela histórica: *La caballeresa del sol* (1964), *El Quijote de El Dorado* (1964), *Un nuevo mar para el rey* (1965). Además, escribió una novela sobre la Revolución cubana, *Una cruz en Sierra Maestra* (1960), y una sátira mordaz contra las dictaduras, *El secuestro del general* (1973).

En teatro, a lo largo de sus obras, evolucionó desde el realismo, *Lázaro* (1941), al expresionismo, como en *Muerte S.A.* (1962) o *Infierno negro* (1967); *El tigre* (1955) es una obra en un acto y escena, en la que lo más interesante es el análisis y la transmisión que hace al espectador sobre la psicología del miedo.

Joaquín Gallegos Lara (1911-1942)

Fue un profundo conocedor del pensamiento marxista. Desde temprana edad, desplegó una intensa actividad política. A pesar de su invalidez, recorrió algunos sectores de Ecuador, en un viaje de observación y análisis de sus problemas económicos y sociales. En él se pudo apreciar una ilustración poco común y una gran firmeza de principios políticos.

Escribió poesía, narrativa y artículos de carácter revolucionario. Sus productos vieron la luz en revistas y diarios, especialmente guayaquileños. Su obra más conocida, a parte de la que es objeto del presente estudio, es la novela *Las cruces sobre el agua*.

Gallegos Lara emplea medios de contar detallistas, directos, casi brutales. No emplea saltos en la relación de los hechos, sino que se mantiene lineal en la narración.

Enrique Gil Gilbert (1912-1973)

Nacido en Guayaquil, se nutrió de su ambiente para emprender su obra literaria. Estudió en la Universidad de Guayaquil y tuvo una gran militancia política en servicio de la clase trabajadora.

En 1941, alcanzó el segundo lugar en un concurso hispanoamericano de novela convocado por la editorial Farrar & Rinehart con su novela *Nuestro pan*. Otro libro de Gil Gilbert es *Yunga*. En él destaca la presencia del negro, la sacrificada labor de los trabajadores traídos desde Jamaica para la construcción de la zona más difícil de la línea ferrocarrilera que une la Costa con la Sierra. Tiene caracteres estéticos especiales, sobre todo en su unidad con el habla montuvia. Tiene gran fuerza expresiva, como puede verse en su excelente cuento «El Malo».

La obra como un espejo del ecuatoriano

Dentro de lo que es el contexto de autodescubrimiento del latinoamericano, podemos ver que esta obra refleja la condición de la época. Cada país tiene la literatura y las artes que merece, pues siempre será el arte el que refleje la realidad de una civilización o una nación. En ella está la idiosincrasia de un pueblo y es la mejor manera de conocerla. Pero ¿cómo es nuestra realidad? Para conocerla, debemos mirar hacia atrás y conocer de dónde venimos y, de esta manera, saber quiénes somos y hacia dónde vamos.

Por medio del inconsciente colectivo, nosotros mantenemos una serie de obsesiones. Taras y traumas que marcan nuestra realidad nacional. Nuestra memoria se ve atenazada por recuerdos atávicos de nuestros orígenes, es la memoria de todo un pueblo que tiene sus raíces más profundas en nuestra psique. Recordemos que somos hijos de una violación. Somos mestizos nacidos de una conquista violenta y nos vemos huérfanos al no ser aceptados. El mestizo es rechazado por el indígena, pues es el fruto de una ignominia, de una humillación. Y es rechazado por el español, porque es un permanente recuerdo de su pecado, su crimen y su debilidad. Para un indígena, el mestizo es europeo; para un europeo, el mestizo será americano. No tiene cultura, no tiene identidad. Es un *huairapamushca*, un hijo del viento, un don nadie. «Con el tiempo, la presencia cada vez más definitoria del mestizo fue imponiendo en la sociedad (...) los valores de la dualidad, de la ambigüedad, del esguince; el sentido del rodeo, del retruécano, del juego de palabras. La contradicción y la fuga fueron el signo del mestizo».[4]

Al ser ilegítimo, el mestizo tendrá una permanente negación de sí mismo y buscará enmascararse: ser otro, para poder hallar una identidad que le es tan esquiva. Precisamente, estos son los dos aspectos que Juan Valdano elucida en la sociedad ecuatoriana de antes y de ahora. Buscamos ser otro, y tenemos dos opciones muy marcadas: podemos

....

[4] *Prole del vendaval*, Ediciones Abya-Yala, 1999, p. 29.

irnos del lado del oprimido, o del lado del opresor. Y obviamente elegiremos al segundo, y nuestra mirada se dirigirá hacia Europa. Por eso, muchos de los escritores del siglo XIX tienen mucho de forzado, de acartonado. No son ellos mismos, sino que intentan imitar los parámetros europeos.

Hemos dicho que el arte es un reflejo de la realidad de una nación. Este enmascaramiento que se muestra, por ejemplo, en *El chulla Romero y Flores*, es sintomático de nuestro entorno. Cada día vemos a muchos de nuestros compatriotas emigrar hacia Europa y Norteamérica. Y podemos ver cómo se niegan a sí mismos, cómo toman una máscara y se la ponen. En apenas unos días, pierden su acento ecuatoriano y adquieren el del país que visitan. Vienen con el acento español, chileno o argentino bien marcado. ¿Acaso existe algún otro latinoamericano que pierda el acento tan fácilmente como nosotros? Es un síndrome que viene desde nuestra historia colonial y que sigue envolviéndonos. Simplemente, no nos reconocemos y nuestra autoestima decrece. Apuntamos hacia el exterior, y lo indígena o, para ser más exactos, lo campesino, lo que viene del oprimido, del cholo y del montuvio, es desechado, negado, escondido.

Será en este contexto que surgirá, como un destello poderoso en medio de la oscuridad de nuestra historia, la generación de los treinta. Aquí veremos cómo se regresa la vista hacia América, hacia lo que somos, y nos reconocemos al fin. No somos americanos, no somos españoles, somos una mezcla de ambas cosas, somos hispanos de América y, por tanto, compartimos ambas culturas a la vez. Este será el origen del gran boom latinoamericano en la literatura, que se dio precisamente cuando empezamos a reconocernos. Alejo Carpentier se dará cuenta de esta realidad al igual que García Márquez, Julio Cortázar o Juan Carlos Onetti. Y el universo que nos rodea estará lleno de una exuberancia absoluta, envolvente, deliciosa. Y es cuando descubrimos nuestra identidad y empieza esta gran aventura épica que es la literatura latinoamericana y ecuatoriana.

Los tres autores de *Los que se van* tienen muchos elementos a su favor. Por un lado, son pioneros en reflejar la realidad ecuatoriana, específicamente la del cholo y la del montuvio, sin máscaras y sin titubeos. Por otro, son precursores al tener una literatura de corte realista cuando lo común era la vanguardia. Es decir, tienen originalidad. Y, por último, tienen una gran calidad literaria y enorme portento estético.

La violencia

Nuestra identidad ha tenido que hacerse poco a poco, en un reconocerse, en una suerte de anagnórisis a través de un viaje hacia adentro, hacia la semilla. Y debemos afrontar el hecho de nuestro origen. Tal cual los centauros, somos fruto de la violencia y somos ambiguos, mitad de una cosa y mitad de otra. Y de allí deviene nuestra lucha interna y nuestra violencia contra nosotros mismos. Tenemos otro atributo descubierto por Miguel Donoso Pareja[5]: la esquizofrenia. Es una pelea constante, una división vital, mental, emocional, nacional. Y un país esquizofrénico puede desmoronarse, caerse en pedazos[6]. La violencia contra nosotros es síntoma de nuestros traumas atávicos. Es síntoma también del oprimido, del

....

[5] *Ecuador: identidad o esquizofrenia*. Esqueletra Editorial, 1998.
[6] Ibidem, p. 12.

ignorante, del desamparado que no tiene nada en qué sostenerse y apunta al derrotismo, a la falta de compromiso, a la violencia, a la rabia y a la desesperación.

La violencia como tema central, el tremendismo, la brutalidad representan una realidad cotidiana de un personaje colectivo. En palabras de Jorge Enrique Adoum:

> En los 24 cuentos del volumen, ocho de cada autor, hay siete asesinatos a machetazos, uno cometido por un negro contra un policía rural al que desencaja a puro pulso las mandíbulas, un suicidio arrojándose al agua para ser devorado por un tiburón, alguien que se arranca los ojos con un cuchillo, alguien que se castra y tres muertes por accidente. En once cuentos, la violación, la venganza por celos o por deseo voraz son determinantes de la acción. Esa inestabilidad de la catástrofe como por un fatalismo trágico y la violencia de ese lenguaje que corresponde a los personajes y a las situaciones salvan a algunos de esos cuentos de ser simples cuadros de costumbres. Con ese libro ya no hay temas prohibidos para la literatura —dice Menton—. Los personajes son los cholos más pobres cuya vida peligra constantemente no solo por los abusos de la sociedad, sino por la violencia de su apetito sexual.[7]

La violencia es sintomática de una sociedad escindida, es una clave que nos permite comprendernos y comprender nuestro entorno. Este espejo en el que nos reflejamos nos muestra una cara que muchas veces negamos, pero que está ahí para recordarnos nuestros orígenes.

....

[7] Adoum, Jorge Enrique, *La generación del 30.*

Los que se van es una obra llena de pasión, de impulsos primarios que se exudan en cada palabra. La fuerza vital se muestra en la crudeza y lo tremendo de la naturaleza. El dolor, la rabia, los celos, la venganza tienen su manifestación más pura e inocente y, por tanto, primitiva.

El lenguaje

Nuestros autores imitan el habla montuvia y hacen uso de su propia ortografía para poder expresar la fonética que buscan. Esto se da especialmente en los cuentos de Demetrio Aguilera Malta, pues él prefiere los diálogos por sobre las acotaciones de un narrador. De hecho, en algunos casos, como en «El cholo que se vengó», el interlocutor desaparece completamente.

El lenguaje fue prácticamente inventado por sus narradores. Es una réplica fuerte al academicismo rancio de los narradores anteriores, llenos de retruécanos, vanos colgajos ancilares de lo europeo. Con este lenguaje, la narrativa se vuelve fresca, novedosa, original. Entre la lengua y el habla, se optó por el habla, y en esto está precisamente la modernidad de su estilo. El leguaje académico de sus predecesores era un reflejo del casticismo, del pudor, de la templanza, de la burguesía decimonónica, de la moderación, del amaneramiento. Fue muy audaz introducir elementos coloquiales, más expresivos y fuertes en cuanto al énfasis de una realidad y una identidad, y permitir un torrente narrativo que permitiera mostrar todo lo que el montuvio tiene que contarnos.

Los hechos

Los recursos narrativos de estos autores son también un avance respecto de sus predecesores. Es, por supuesto, el origen del cuento moderno ecuatoriano. Podemos observar que estos cuentos son más breves y que, por tanto, tienen más unidad. Son como una pastilla que se traga de una sola, sin problemas, con perfecta concordancia en todos sus elementos. No existen desvaríos ni circunloquios, sino que se va al grano. Existe un acontecimiento único y sus repercusiones se nos muestran con prontitud. Se deja a un lado la descripción exagerada, cualquier pausa prolongada. El ritmo es dinámico, rápido, brusco. Se prefiere el diálogo, que es casi cinematográfico, y es una clara visión moderna de la literatura, es un avance que permite vislumbrar las obras posteriores.

No se retrocede ante nada. Lo grotesco y lo feo tienen cabida en este verismo descarnado. No es que se vuelva científico o morboso, sino que simplemente se busca una reacción en el lector, algo que lo motive a seguir leyendo, que lo entusiasme, que lo horrorice. Recordemos el *pathos* que burbujea en cada frase, en cada palabra. Es una obra épica, en el más puro sentido de la palabra, pues la pasión que emana de cada personaje nos lleva a un nivel trascendental: la condición humana es la de estos pequeños grandes personajes con sus historias.

Nos hallamos ante una obra catártica con un sentimiento similar al de la tragedia griega. Podemos presentir los movimientos subterráneos, la inspiración de lo tectónico que nos impulsa a arrojarnos a la tormenta, a sentir el miedo, la angustia, la desesperación, el *phobos* de una situación humana que se eleva hasta convertirse en un carácter casi mítico. Es la naturaleza que se exalta en cada uno de los acontecimientos que experimentamos al leer esta obra capital de la narrativa ecuatoriana.

Tres cuentos

Si se debe seleccionar, o hacer una antología, el seleccionador hará uso de su subjetivismo. Comentaré tres de los cuentos, uno de cada autor. Son, a mi parecer, los mejores, aunque eso no significa que precisamente lo sean. Aquí haré uso de mi potestad de ser subjetivo y de escoger los que más me han impactado, aquellos que considero no solo excelentes, sino verdaderas obras maestras: «El Malo», de Enrique Gil Gilbert, «El guaraguao», de Joaquín Gallegos Lara, y «El cholo del tiburón», de Demetrio Aguilera Malta.

En el primer cuento, podemos observar la presencia sugerida del demonio en un niño de ocho años. Estamos ante la superstición, pero presente en el imaginario del pueblo, de tal manera que se vuelve real. Esa presencia maligna no es terrorífica, pero podemos sentirla como algo terrible, en especial porque el niño es inocente. Es más bien como una sugestión, tanto se ha convencido al personaje de su maldad, tanto han podido las habladurías que un accidente nos lleva a mirarlo con ojos de lástima. Es un marginado dentro de esa sociedad marginal. Todos le temen, todos ven en él algo que está más allá de lo normal. Sin entrar en ninguna clase de realismo mágico ni nada de eso, esta presencia se siente muy subrepticiamente, tanto que incluso dudamos de si es o no verdad. La narración nos envuelve, sobre todo por el hecho de que la perspectiva narrativa es llevada por el niño. Lo seguimos constantemente y sentimos con él el rechazo, el miedo y la angustia frente a la sangre. Allí estaba el diablo. El diablo, el diablo, el diablo. Y Leopoldo observa al final el machete que parece reírse.

Toda la estrategia del autor conspira para que el lector dude de sus verdades. El diablo está presente, sea como superstición, sea como un ser que empuja el machete. Pero la angustia de Leopoldo, que mata a su hermanito, la compartimos y nos conmueve. Es el *phatos* del que hablábamos, la pasión violenta, el impulso telúrico que lo arrastra a correr por la calle. Hay tremendismo en el hecho cruel visto por los ojos de un niño a quien todos acusan, víctima de la superchería. El niño tiene las de perder y eso nos lleva a la desesperación, pues nadie conoce de su inocencia sino el lector. Un personaje y una historia de verdaderos efectos épicos en esta pequeña narración. Personalmente, lo considero un cuento que marca un hito no solo en el relato ecuatoriano, sino dentro del contexto latinoamericano. Muy bien narrado y con gran fuerza expresiva.

En el caso de «El guaraguao», podemos decir que es un verdadero golpe al lector. Se viene muy bien con la moderna técnica narrativa de la generación del treinta por su prontitud y su ritmo dinámico, aunque no tan vertiginoso como en el cuento anterior. El personaje central deja de ser el hombre, y es una criatura que es capaz de mostrar sentimientos de lealtad. El guaraguao impedirá que el cadáver del hombre sea devorado y lo protegerá con su propia vida. Un final lleno de patetismo que está listo para el final con efecto: un gancho certero que, en palabras de Cortázar, gana por nocaut. Es un cuento perfecto, en el sentido de que nada sobra y nada falta. Todo ocupa su lugar con precisión milimétrica y permite que el lector reciba su golpe. Tiene pistas falsas, con una verdadera maestría en manipular al lector, pues por un momento, cuando el hombre mira al guaraguao sobre su pecho, teme por sí mismo y, junto a él, el lector: «No... No... me comas... Un... hijo no... muerde... ar padre..., loj otros...». Nadie espera el final, cuando el guaraguao muere de hambre por defender a su amo.

Ambos personajes son deliciosos. Un hombre solitario y huraño cuya única compañía es un ave. Y el guaraguao, leal y fiel. Un dúo que impresiona, que conmueve, muy bien construido.

Respecto del tercer cuento, «El cholo del tibrón», nos enfrentamos ante la demencia en su estado más orgiástico. Es una verdadera fiesta de la vida que se muestra en sus aspectos más salvajes: los celos, la pasión exacerbada, la mentira, el reconocimiento, la demencia. Cinco elementos muy fuertes que se manifiestan en una narración de poco más de dos carillas. Podemos ver lo dionisíaco, el deseo de sangre y la metamorfosis, la transformación de la bacante en el momento en que el cholo finge ser un tiburón y asesina al amante de su futura esposa. El cuento es un diálogo de carácter dramático, muy cercano al guion cinematográfico o al teatral. El reconocimiento viene cuando el cholo confiesa a su mujer, mucho tiempo después, que el tiburón era él. Y entonces viene el llamado de la naturaleza, ese monstruo atávico y tremendo que se manifiesta en las zonas tectónicas de nuestro inconsciente. Es un llamado fatal que no se sabe de dónde viene, pero que mueve al personaje a bañarse. Y finalmente, se arrojará, poseído por la fiebre demencial de Dionisos, para ser devorado por el tiburón.

Este cuento tiene toda la potencia de la tragedia. Es la fuerza del *phatos* que se muestra con una fuerza natural, devastadora, terrible. Recordemos aquellas palabras de Ramón del Valle-Inclán:

> En la antigüedad griega, los amados de los dioses nacían bajo la estrella de un destino funesto. La fatalidad, como un viento sagrado, los arrastraba agitando sus almas, sus vestiduras y sus cabellos. Era así la fatalidad un don celeste, porque las vidas convulsas de dolor son siempre amadas. Si los héroes de la tragedia se perpetúan en nuestro recuerdo con un gesto casi divino, es por el amoroso estremecimiento con que los miramos.

Esta es la fuerza épica de estos seres poseídos por el dolor, ante los cuales no podemos mostrarnos indiferentes. En otro cuento, «El cholo que se vengó», este dolor se convierte en impotencia, en un desgarrado reclamo lleno de rabia reprimida. Y podemos ver cómo la sombra de las fábulas antiguas, de los mitos intemporales, se muestran como espectros de nuestra conciencia que buscamos ávidamente en todo grito de dolor. Y temblamos ante este reconocimiento.

Toda la sangre, toda la violencia, todos los gritos desesperados están presentes en las veinticuatro narraciones de *Los que se van*. Son historias universales, dignas portadoras de la catarsis aristotélica que la tragedia griega brinda al ser humano, con sus retumbantes estertores dionisíacos y su poder hipernatural. Se aleja de cualquier espectáculo idílico y nos muestra a la Madre Terrible en su máxima manifestación. En estos cuentos, hallamos la perfección del artesano que conoce su oficio. Es una lectura obligatoria, definitivamente, para quien quiera sentir el *phatos* de la tragedia.

BIBLIOGRAFÍA

ADRADOS, Francisco. *Del teatro griego al teatro de hoy.* Madrid: Alianza Editorial, 1999.

CIRLOT, Juan. *Diccionario de símbolos.* Madrid: Ediciones Siruela, 1997.

DONOSO, Miguel. *Ecuador: identidad o esquizofrenia.* Quito: Esqueletra Editorial, 1998.

VALDANO, Juan. *Prole del vendaval.* Quito: Abya-Yala, 1999.

DEL VALLE-INCLÁN, Ramón. *La lámpara maravillosa.* Madrid: Espasa-Calpe, 1974.

VERDESOTO, Raquel. *Lecciones de literatura ecuatoriana.* Quito: Editorial Don Bosco.

AL FRENTE:

Este libro no es un haz de egoísmos. Tiene tres autores: no tiene tres partes. Es una sola cosa…

Pretende que unida sea la obra como fue unido el ensueño que la creó. Ha nacido de la marcha fraterna de nuestros tres espíritus. Nada más.

LOS AUTORES

LOS QUE SE VAN

Porque se va el montuvio. Los hombres ya no son
los mismos. Ha cambiado el viejo corazón
de la raza morena enemiga del blanco.

La victrola en el monte apaga el amorfino.
Tal un aguaje largo los arrastra el destino.
Los montuvios se van p'abajo der barranco.

JOAQUÍN GALLEGOS LARA

EL MALO

ENRIQUE GIL GILBERT

Duérmase niñito,
duérmase por Dios;
duérmase niñito,
que allí viene el cuco...
¡Ahahá! ¡Ahahá!

Y Leopoldo elevaba su destemplada voz meciéndose a todo vuelo en la hamaca, tratando de arrullar a su hermanito menor.

—¡Er moro!

Así lo llamaban porque hasta muy crecido había estado sin recibir las aguas bautismales.

—¡Er moro! ¡Jesú, qué malo ha de ser!

—¿Y nua venío tuabía la mala pájara a gritajle?

—Izque cuando uno es moro la mala pájara pare...

—No: le saca los ojitos ar moro...

San José y la virgen
fueron a Belén
a adorar al niño
y a Jesús también.
María lavaba,
José tendía

los ricos pañales
que el niño tenía.
¡Ahahá! ¡Ahahá!

Y seguía meciendo. El cuerpo medio torcido más elevaba una pierna que otra, solo la más prolongada servía de palanca mecedora. En los labios, un pedazo de nervio de res: el «rompe camisa».

Más sucio y andrajoso que un mendigo, hacía exclamar a su madre:

—¡Si ya nuai vida con este demonio! ¡Vea, si nuace un ratito que lo hei vestío y ya anda como de un mes!

Pero él era impasible. Travieso y malcriado por instinto. Vivo; tal vez demasiado vivo.

Sus pillerías eran porque sí. Porque se le antojaba hacerlo.

Ahora su papá y su mamá se habían ido al desmonte. Tenía que cocinar. Cuidar a su hermanito. Hacerlo dormir, y cuando ya esté dormido, ir llevando la comida a sus taitas. Y lo más probable era que recibiera su cueriza.

Sabía sin duda lo que le esperaba. Pero, aunque ya el sol «estaba bastante paradito», no se preocupaba de poner las ollas en el fogón. Tenía su cueriza segura. Pero ¡bah!

¿Qué era jugar un ratito?… Si le pegaban, le dolería un ratito … ¡nada más! Con sobarse contra el suelo, sobre la yerba de la virgen…

Y viendo que el pequeño no se dormía, se agachó; se agachó hasta casi tocarle la nariz contra la de él.

El bebe, espantado, saltó, agitó las manecitas. Hizo un gesto que lo afeaba y quiso llorar.

—¡Duérmete! —ordenó.

Pero el mui sinvergüenza en lugar de dormirse se puso a llorar.

—Vea, ñañito: ¡duérmase que tengo que cocinar!

Y empleaba todas las razones más convincentes que hallaba al alcance de su mentalidad infantil.

El mal bebe no le hacía caso.

Recurrió entonces a los métodos violentos.

—¿No quieres dormirte? ¡Ahora verás!

Lo cogió por los hombritos y lo sacudió.

—¡Si no te duermes, verás!

Y más y más lo sacudía. Pero el bebe gritaba y gritaba sin dormirse.

—¡Agú! ¡Agú! ¡Agú!

—Parece pito, de esos pitos que hacen con cacho e toro y ombligo de argarrobo.

Y le parecía bonita la destemplada y nada simpática musiquita.

¡Vaya! Qué gracioso resultaba el muchachito, así, moradito, contrayendo los bracitos y las piernitas para llorar.

—¡Ji, ji, ji! ¡Como si ase! ¡Ji, ji, ji!

Si él hubiera tenido senos como su mamá, ya no lloraría el chico; pero... ¿por qué no tendría él?

... Y él sería cuando grande como su papá...

Iría...

—¡Agú! ¡Agú! ¡Agú!

¡Carambas, si todavía lloraba su ñaño!

Lo bajó de la hamaca.

—¡Leopordo!

—Mande.

—¿Nuas visto mi gallina fina?

—¡Yo no hei visto nada!

Y la Chepa se alejaba murmurando:

—¡Si es malo-malo-malo-como er mismo Malo!

¡Vieja majadera! Venir a buscar gallinas cuando él tenía que hacer dormir al ñaño y cocinar... Y ya el sol «estaba más paradito que endenantes».

—¡Agú! ¡Agú!

¡Qué gritón el muchacho! Ya no le gustaba la musiquita.

Y se puso a saltar alrededor de la criatura. Saltaba. Saltaba. Saltaba.

Y los ocho años que llevaba de vida se alegraron como nunca se había alegrado.

Si había conseguido hacerlo callar, lo que pocas veces conseguía..., ¡más todavía, se reía con él... con él que nadie se reía!

Por eso tal vez era malo.

¿Malo? ¿Y qué sería eso? A los que les grita la lechuza antes de que los lleven a la pila, son malos... Y a él dizque lo había gritado.

Pero nadie se reía con él.

—No te ajuntes con er Leopordo. —Había oído que le decían a los otros chicos—. ¡No te ajuntes con ese ques malo!

Y ahora le había sonreído su hermanito.

¡Y dizque los chiquitos son angelitos!

—¡Güio! ¡Güio!

Y saltaba y más saltaba a su alrededor.

De repente, se paró.

—¡Ay!

Lloró. Agitó las manos. Lo mismo había hecho el chiquito.

—¿Y de ónde cayó er machete?

Tornaba los ojos de uno a otro lado.

—¿Pero de ónde caería? ¿No sería er diablo?

Y se asustó. El diablo debía de estar en el cuarto.

—¡Uy!

Sus ojos se abrieron mucho... mucho... mucho...

Tanto que de tan abiertos se le cerraron. ¡Le entró tanto frío en los ojos! Y por los ojos le pasó el alma.

El chiquito en el suelo... Y él viendo. Sobre los pañalitos..., una mancha de fresco de pitahaya...; no..., si era... como de tinta de mangle..., ¡y salía... qué colorada!

Pero ya no lloraba.

—¡Ñañito!

No, ya no lloraba. ¿Qué le había pasado? ¿Pero de dónde cayó el machete? ¡El diablo!

Y asustado salió. Se detuvo apenas dejó el último escalón de la escalera.

¿Y si su mamá le pegaba? ¡Como siempre le pegaban...!

Volvió a subir... Otra vez estaba llorando el chiquito... ¡Sí! ¡Sí estaba llorando..., pero cómo lloraba! ¡Si casi no se le oía!

—¡Oi! ¡Cómo se ha manchao! ¡Qué colorao! ¡Qué colorao que está! ¡Si toito se ha embarrao!

Fue a deshacerle el bulluco de pañales. Con las puntas del índice y del pulgar los cogía: tanto miedo le daban.

Eso que salía era como la sangre que le salía a él cuando se cortaba los dedos mientras hacía canoitas de palo e balsa.

Eso que salía era sangre.

—¿Cómo caería er machete?

Allí estaba el diablo...

El diablo. El diablo. El diablo.

Y bajó. No bajó. Se encontró, sin saber cómo, abajo. Corrió en dirección «al trabajo» de su papá.

—¡Yo no hei sío! Yo no hei sío.

Y corría.

Lo vio pasar todo el mundo.

Los hijos de la Chepa. Los hijos de Meche. Los de Victoria. Los de la Carmen. Y todos se apartaban.

—¡Er Malo!

Y se quitaban.

—¿Lo ves cómo llora y cómo habla? ¡Se ha gorbido loco! ¡No se ajunten con él que la lechuza lo ha gritao!

Pero él no los veía.

El diablo... su hermanito... ¿cómo fue? El diablo... El Malo... El... ¡el que le decían el Malo!

—¡Yo no jui! ¡Yo no jui! ¡Si yo no sé!

Llegó. Los vio de lejos. Si les decía, le pegaban... No: él les decía...

Y avanzó:

—¡Mamá! ¡Taita!

—¿Qué quieres vos aquí? ¿No te dejé cuidando ar chico?

Y lloró asustado. Y vio:

El diablo.

Su hermanito.

El machete.

—Si yo no jui... ¡Solito no más se cayó! ¡Er diablo!

—¿Qué ha pasao?

—En la barriguita..., ¡pero yo no jui! ¡Si cayó solito! ¡Naiden lo atocó! ¡Yo no jui!

Ellos adivinaron.

Y corrieron. Él asustado. Ella llorosa y atrás Leopoldo con un espanto más grande que la alegría de cuando su hermanito le sonrió.

Para todos pasó como algo inusitado ver corriendo como locos a toda la familia.

Algunos se reían. Otros se asustaban. Otros quedaban indiferentes.

Los muchachos se acercaban y preguntaban:

—¿Qué ha pasao?

Hablaban por primera vez en su vida al Malo.

—¡Yo nuei sío! ¡Jue er diablo!

Y se apartaban de él.

¡Lo que decía!

Y subieron todos y vieron y ninguno creyó lo que veía. Solo él —el Malo—, asustado, tan asustado que no hablaba —cosa rara en él—, desgreñado, sucio, hediondo a sudor miraba y estaba convencido de que era cierto lo que veían.

Y sus ojos interrogaban a todos los rincones. Creía ver al diablo.

La madre lloró.

Al quitarle los pañales, vio con los ojos enturbiados por el llanto lo que nunca hubiera querido ver…

—Pero ¿quién había sido?

Juan, el padre, explicó: como de costumbre él había dejado el machete entre las cañas… Él, nadie más que él, tenía la culpa.

No. Ellos no lo creían. Había sido el Malo. Ellos lo acusaban.

Leopoldo llorando imploraba:

—¡Si yo no jui! ¡Jue er diablo!

—¡Er diablo eres vos!

—¡Yo soy Leopordo!

—Tu taita ej er diablo, no don Juan.

—Mentira —gritó la madre ofendida.

Y la vieja Victoria, bruja y curandera, arguyó con su voz cascada:

—Nuasido otro quer Leopordo, porque ér ej er Malo. ¡Y naiden más quer tiene que haber sido!

Leopoldo como última protesta:

—¡Yo soi hijo e mi taita!

Todos hacían cruces.

Había sido el Malo.

Tenía que ser. Ya había comenzado. Después mataría más.

—¡Hay que decirle ar político er pueblo!

Se alejaban del Malo. Entonces, él sintió repulsión de ellos. Fue la primera vez que odió.

Y cuando todos los curiosos se fueron y quedaron solos los cuatro, María, la madre, lloró, mientras Juan se restregaba una mano con la otra y las lágrimas rodaban por sus mejillas.

María vio al muerto... ¡Malo, Leopoldo, malo! ¡Mató a su hermanito, malo! Pero ahora vendría el político y se lo llevaría preso... Pobrecito. ¿Cómo lo tratarían? Mal, porque era malo. Y con lo brutos que eran los de la rural. Pero había matado a su hermanito. Malo, Leopoldo, malo...

Lo miró. Los ojos llorosos de Leopoldo se encontraron suplicantes con los de ella.

—¡Yo no hei sío, mama!

La vieja Victoria subió refunfuñando:

—¡Si es ques malo de nasión: es ér, er Malo, naiden más que ér!

María abrazó a su hijo muerto... ¿Y el otro? ¿El Leopoldo?... No, no podía ser.

Corrió, lo abrazó y lo llevó junto al cadáver. Y allí abrazó a su hijo muerto y al vivo.

—¡Mijito! ¡Pobrecito!

Le gritó la lechuza...

El machete viejo, carcomido, manchado a partes de sangre, a partes oxidado, negro, a partes plateado, por no sé qué misterio de luz, parecía reírse.

—¡Es malo, malo Leopordo!

EL GUARAGUO

Joaquín Gallegos Lara

Era una especie de hombre. Huraño, solo. No solo: con una escopeta de cargar por la boca y un guaraguao.

Un guaraguao de roja cresta, pico férreo, cuello aguarico[1], grandes uñas y plumaje negro. Del porte de un pavo chico.

Un guaraguao es, naturalmente, un capitán de gallinazos. Es el que huele de más lejos la podredumbre de las bestias muertas para dirigir el enjambre.

Pero este guaraguao iba volando alrededor o posando en el cañón de la escopeta de nuestra especie de hombre.

Cazaban garzas. El hombre las tiraba y el guaraguao volaba, y desde media poza las traía en las garras como un gerifalte[2].

Iban solamente a comprar pólvora y municiones a los pueblos. Y a vender las plumas conseguidas. Allá le decían Chancho Rengo.

—Ej er diablo er mui pícaro que siace er chancho rengo[3]…

....

[1] Raza de gallo que tiene el cuello desnudo. Aquí se transforma en adjetivo para denotar el cuello desnudo del animal.

[2] Halcón de gran tamaño que vive ordinariamente en el norte de Europa.

[3] Expresión coloquial atribuida para aquellas personas que son esquivas y que, por su comodidad, evitan realizar una actividad o cumplir con una responsabilidad.

Cuando reunía siquiera dos libras de plumas, las iba a vender a los chinos dueños de pulperías.

Ellos le daban quince o veinte sucres por lo que valía lo menos cien.

Chancho Rengo lo sabía. Pero le daba pereza disputar. Además, no necesitaba mucho para su vida. Vestía andrajos. Vagaba en el monte.

Era un negro de finas facciones y labios sonrientes que hablaban poco.

Se suponía que había venido de Esmeraldas. Al preguntarle sobre el guaraguao, decía:

—Lo recogí de puro fregao... Luei criao dende chiquito, er nombre ej Arfonso.

—¿Por qué Arfonso?

—Porque así me nació ponesle.

Una vez trajo al pueblo cuatro libras de plumas en vez de dos. Los chinos le dieron cincuenta sucres.

Los Sánchez lo vieron entrar con tanta pluma que supusieron que sacaría lo menos doscientos.

Los Sánchez eran dos hermanos. Medio peones de un rico, medio esbirros y «guardaespaldas».

Y, cuando gastados ya diez de los cincuenta sucres, Chancho Rengo se iba a su monte, lo acecharon.

Era oscuro. Con la escopeta al hombro y en ella parado el guaraguao, caminaba.

No tuvo tiempo de defenderse. Ni de gritar. Los machetes cayeron sobre él de todos lados. Saltó por un lado la escopeta y con ella el guaraguao.

Los asesinos se agacharon sobre el caído. Reían suavemente. Cogieron el fajo de billetes que creían copioso.

De pronto, Serafín, el mayor de los hermanos, chilló:

—¡Ayayay! ¡Ñaño, me ha picao una lechuza!

Pedro, el otro, sintió el aleteo casi en la cara. Algo alado estaba allí. En la sombra. Algo que defendía al muerto.

Tuvieron miedo. Huyeron.

Toda la noche estuvo Chancho Rengo arrojado en la hojarasca. No estaba muerto: se moría.

Nada iguala la crueldad de lo ciego, y el machete meneado ciegamente le dejó un mechoncito de hilachas de vida.

En el frío de la madrugada. Una cosa pesaba en su pecho. Movió —casi no podía— la mano. Tocó áspero y entreabrió los ojos.

* * *

El alba floreaba de violetas los huecos del follaje que hacían encima un techo.

Le parecía un cuarto. El cuarto de un velorio. Con raras cortinas azules y negras.

Lo que tenía en el pecho era el guaraguao.

—¡Ajá, eres vos, Arfonso? No... No... me comas... Un hijo no... muerde... al padre... loj otros.

El día acabó de llegar. Cantaron los gallos de monte. Un vuelo de chocotas mui abajo: muchísimas. Otro de chiques[4], más alto.

Una banda de micos de rama en rama cruzó chillando.

Un gallinazo pasó arribísima.

Debía haber visto.

Empezó a trazar amplios círculos en su vuelo. Apareció otro, y comenzó la ronda negra.

....

[4] Ave de cetrería, de presa.

Vinieron más. Como moscas. Cerraron los círculos. Cayeron en *loopings*. Iniciaron la bajada de la hoja seca.

Estaban alegres y lo tenían seguro.

¿Se retardarían cazando nubes?

Uno se posó tímido en la hierba a poca distancia. El hombre es temible aun después de muerto.

Grave como un obispo, tendió su cabeza morada. Y vio al guaraguao.

Lo tomaría por un avanzado. Se halló más seguro y se adelantó. Vinieron más y se aproximaron aleteando. Bullicio de los preparativos del banquete.

Y pasó algo extraño.

El guaraguao como gallo en su gallinero atacó, espoleó, atropelló. Resentidos se separaron, volando a medias, todos los gallinazos. A cierta distancia parecieron conferenciar: «¡Qué egoísta, lo quería para él solo!».

Encendía la mañana. Todos los intentos fueron rechazados. Un chorro verde de loros pasó metiendo bulla. Los gallinazos volaron cobardemente más lejos.

Al mediodía, la sangre del cadáver estaba cubierta de moscas y apestaba.

Las heridas, la boca, los ojos, amoratados.

El olor incitaba el apetito de los viudos. Vino otro guaraguao. Alfonso, el de Chancho Rengo, lo esperó encuadrándose. Sin ring. Sin cancha. No eran ni boxeadores ni gallos. Encarnizadamente pelearon.

Alfonso perdió el ojo derecho, pero mató a su enemigo de un espolazo en el cráneo. Y prosiguió espantando a sus congéneres.

Volvió la noche a sentarse sobre la sabana.

* * *

Fue así como…

Ocho días más tarde, encontraron el cadáver de Chancho Rengo. Podrido y con un guaraguao terriblemente flaco —hueso y pluma— muerto a su lado.

Estaba comido de gusanos y de hormigas; no tenía la huella de un solo picotazo.

EL CHOLO QUE ODIÓ LA PLATA

Demetrio Aguilera Malta

—¿Sabés vos, Banchón?

—¿Qué, don Guayamabe?

—Los blancos son unos desgraciaos.

—De verdá...

—Hei trabajao como un macho siempre. Mei jodío como nadie en estas islas. Y nunca hei tenío medio.

—Tenés razón.

—Y no me importaría eso, ¿sabés vos? Lo que me calienta es que todito se lo llevan los blancos... ¡Los blancos desgraciaos!

—Tenés razón.

—¿Vos te acordás?... Yo tenía mis canoas y mis hachas... Y hasta una balandra[5]... Vivía feliz con mi mujer y mi hija Chaba...

—Claro. Tei conocío dende tiempisísimo...

—Pues bien. Los blancos me quitaron todo. Y, no contentos con esto, se me han tirao a mi mujer...

—Sí, de verdá. Tenés razón... Los blancos son unos desgraciaos...

Hablaban sobre un mangle gateado[6], que clavaba cientos de raíces en el lodo prieto de la orilla. Miraban el

....

[5] Embarcación pequeña y con un solo palo.
[6] Con vetas semejantes a las de los gatos de algalia.

horizonte. Los dos eran cholos. Ambos fuertes y pequeños. Idéntico barro había modelado sus cuerpos hermosos y fornidos…

* * *

Banchón trabajó. Banchón reunió dinero. Banchón puso una cantina. Banchón —envenenando a su propia gente— se hizo rico. Banchón tuvo islas y balandras. Mujeres y canoas…

Compañeros de antaño peones suyos fueron. Los humilló. Les robó. Los estiró como redes de carne para acumular lisas[7] de plata en el estero negro de su ambición…

* * *

Y un día…

—¿Sabe usté, don Guayambe? Don Banchón se está comiendo a la Chaba, su hija. La lleva pa er Posudo… Creo que la muchacha no quería… Pero ér le ha dicho que sino lo botaba a usté como a un perro…

* * *

Y otro día…

—¿Sabe usté, don Guayambe? Aquí le manda don Banchón estos veinte sucres. Dice que se largue. Que usté yastá mui viejo. Que ya no sirve pa naa… ¡Y que ér no tiene por qué mantener a nadie!…

....
[7] Especie de pez muy cotizado. Dado que este es un relato de pescadores, se aplica aquí poéticamente el nombre de un pez para darnos a entender que Banchón ha acumulado riquezas en base a los otros pescadores.

—Ajá. Ta bien…

* * *

Meditó.

No eran malos los blancos. No eran malos los cholos. Él lo había visto: Banchón. Su compadre Banchón
lo bía ayudao antes. Se bía portao como nadie con él…

Pero…

La plata. ¡La mardita plata! Se le enroscó en el
corazón, tal que una equis rabo de hueso.

¡Ah, la plata!

* * *

Y después de meditar, se decidió… Para que Banchón
—su viejo amigo— no lo botara más nunca. Para que
Banchón se casara con su hija. Para que Banchón no
tuviera más plata. Para que Banchón fuera bueno…

Le prendió fuego a sus canoas y balandras. A sus
casas y sus redes…

* * *

Y cuando en Guayaquil —ante un poco de gente que le
hablaba de cosas que no entendía— le pidieron que se
explicara, balbuceó:

—La plata esgracia a los hombres…

ÉR SÍ, ELLA NO

Joaquín Gallegos Lara

I

Contra la hoja del machete, empañándola con el aliento, tendido en el fondo de la canoa, decía palabras de cólera, de odio, de pasión.

El agua del río era de oro sucio. Herida por la luz solar se partía en millares y millares de espejos de cobre pulido. La canoa balumosa[8] se movía con el chis-chas de las leves olas en sus costados.

De la orilla seguramente la creerían vacía.

Acostado en el fondo, Chombo se dejaba llevar aguas abajo.

Sin dirigir a la caprichosa, besando y hablando al machete:

—Erej vos er fiel. ¡Er limpio! ¡Como er cariño que lei tenido! Y con vos vo a cobrármelas… Amarraos quisiera cogerlos.

Bajaba la marea. La canoa iba a favor. Del cielo sin nubes, el sol caía en plomada. Bajo el ramaje, entre las barbas de bejuco, se amontonaba la sombra azul.

—Esgraciaos…

Se levantó y, envainando el machete, empuñó el remo. Dirigida, la canoa levantó su seno embreado de

....
[8] Bamboleante.

59

guachapelí[9]. A poco, varaba en una playita.

Una vez varada la canoa, se metió entre los mangos. Sus pies desnudos parecían alados. Ni un rumor arrancaban las hojas muertas.

Vio su casita entre lo verde, por el lado de atrás. El lavadero de tablas. Debajo del piso, un tronco a medio leñar, con su hacha clavada en él. Colgado de unas estacas se sacaba un chayo[10]. Sombra floreada de luz y desgarrada por el ronquido de los chanchos que hozaban por allí.

—¡Nuei de vorver a ver esto! ¡Tengo quirme! Tarbés hacesme vaporino[11]. Rodar quién sabe pa ónde…

Los debía matar. Sí, a él afuera, en la manga real, como hombre.

A ella como a una perra. Adentro, en cualquier parte.

Se escondió porque veía amarrado a la puerta, por el otro lado, el caballo de Juan.

Un vuelo de catarnicas[12] pasaba rozando los pechiches. Los olleros silbaban y silbaban. Como llamando a un viejo imaginario. Tibiamente el sol pegaba horizontal sobre la muralla alta de los cañales.

II

—¡Juan!

....

[9] Está aplicado en el sentido de que la madera del guachapelí es muy oscura y su color se refleja en la barca casi como si estuviese adherido con la fortaleza de la brea.
[10] Arbusto que segrega una especie de resina.
[11] Tripulante de un vapor. En aquellos tiempos, embarcarse en un vapor significaba un viaje largo y, seguramente, sin regreso, puesto que los marineros podían quedarse en cualquier puerto y los viajes marítimos no eran tan eficaces como hoy, sino sujetos a muchas vicisitudes.
[12] Loro albibronceado o loro negro. Es una especie que habita en Colombia, Ecuador y hasta Perú.

—¡Chombo!

—¡Baja del caballo! Quiero peliar con vos. Jalarme ar puñete, ar machete, ¡quiero bebeste la sangre!

Entrecortado y nervioso; lenta y opaca la voz le hablaba. Lo había esperado afuera.

Y se encontraban. Lo inevitable tras el engaño de hacía meses.

—Aguajda… ¿Por qué?

—Vos lo sabes… No tiagas er candilejón… No me insurtes más u te vo a matar pior quia culebra.

—Pero…

—¡Y Chabela? ¿Chabela? ¿Diónde vienes ahoritita? ¿Ónde has estao todoi mardecido, hijo e perra? Te crees que no tei visto…

Los insultos le azotaron la cara esta vez. Era como cruzar a pie brusquero de plazartes. La sangre le corrió más fuerte. Tal que, al salir con frío de una tembladera, un lapo[13] de mallorca.

—Gueno pue. De vos es la culpa…

Juan en tierra.

La tarde había cerrado. Las masas negras de la huerta envolvían todos lados. La vuelta de la manga solitaria era propicia.

—Tamos sólidos, po aquí naiden pasa.

Sin hablar más, enrollaron los ponchos y desenvainaron.

—¡Guardar er jierro!

Desarrugaban las caras. Salpicaron las burlas como espumas de aguaje en barrancos demasiado altos. Los grandes rabones[14] tocaban arrebato.

....

[13] Porción de líquido que se bebe.
[14] Machetes.

—Para u t'ensarto.

—Ejta pa vos.

Un choque enorme. A tajos gigantes. Amenazando ya la frente, ya los pies. Alzándose, bajándose, engañándose; siempre ágiles a pesar del peso.

Canción del acero. Del músculo de caucho. Canción de los senos de ella, broncíneos y veteados de violeta, terminados en punta palo-rosa.

La chispa en la sombra. El sudor chorreando y mezclándose al vértigo como un tibio claro de jora[15] que anublase la cabeza.

La rabo de hueso que salta con bruscos coletazos negros en los ojos traidores de la mujer.

III

Tac... Tac... Tac...

Resonaban rápidos los cascos sin herrar en la tierra blanda.

Chombo había vencido. Se mareaba.

Una plasta de vaca traidora. Juan perdió pie, agitó los brazos desesperadamente y descubriéndose. Chombo quiso parar. No era así cómo quería matarlo. Fue tarde.

—Me jodist...

La punta que se robaba toda la luz errante de la noche pálida se bañó desnuda en el río de la noche roja de la sangre. El pescuezo quedó cortado más de la mitad.

—¡Lei volao er pescuezo, caracho!

Entre los borbotones, estertoraba ronquidos.

Chombo se arrodilló a su lado. Le alzó la cabeza, le miró los ojos en blanco y experimentó una sacudida a

....

[15] Viene de *sora* (en desuso). Maíz germinado para hacer chicha.

sus sacudidas. Ya no le tenía odio.

Lo dejó descansar en el suelo y se palpó la camiseta empapada, pegajosa. Sentía coágulos en el vello del pecho y pringues en la cara. Guardó el machete sin limpiarlo.

Le dio horror la sangre y asco el muerto.

Cogió de la rienda el caballo del otro y montó. Su cabeza era un incendio en la montaña.

Los cascos del caballo sonaban; sonaban, no sabía si en la tierra, en el aire, en el monte o dentro de él.

Tac… Tac… Tac…

IV

Llegó a la orilla del estero. Era la tarde de la noche. No hacía frío. Más bien un vaho cálido se alzaba del monte veranero tostado del sol en los días.

Las estrellas se agachaban p'abajo.

Un gran silencio.

¡Y qué angustia! ¡Qué dolor de cabeza! ¡Qué asco!

Se quitó la cotona desgajada y la echó a un lado junto al poncho. Se arrancó casi la camiseta. Desnudo se tiró al agua.

Nadaba firme. Había nacido nadando o lo creía. Y el agua fresca confortaba su fiebre.

La sangre sucia se le fue desprendiendo y, sin saberlo, le parecía publicarse. Se abría lejos; sin temer a los lagartos. Ni revesas[16] ni palizadas[17].

Se hundía en las pozas, abajo, mui abajo. Donde el

....

[16] Corriente derivada de otra principal y de distinta dirección a la de esta. Puede revolcar a quien nada en ella y provocar su ahogo.

[17] Defensa hecha de estacas y terraplenada para impedir la salida de los ríos o dirigir su corriente.

agua es lamosa[18] como pellejo e camarón y aprieta como tenaza e cangrejo.

Y pensó en ella

... Por ella había matado. Se había esgraciao y le daba miedo pensarlo. Mas ¿lo valía ella?

¡Ah! Sí: lo sentía. A pesar de todo, se volvía a su recuerdo como las guantas heridas a los brusqueros donde anidan.

La evocaba. Braceando en contra para aturdirse en la furia continua de la correntada.

Tuvo, palpable y ruda, la sensación de la mujer; de sus manos suaves que le alisaban el pelo arisco.

—Zambo...

Y la dulzura de esa boca le fue necesaria como el agua para la sed.

Entre la tibieza líquida (¿era fría?). ¿Era tibia aquella agua del estero, a medianoche? Su carne se levantó llamando a las caricias de siempre. Estaba cerquita de la casa. Conocía: hacia el lado ese del haz, de caña brava. A una cuadra quizás.

Nadó al sitio donde dejara la ropa. Se puso el pantalón y lo demás lo amarró al pesado machete y lo arrojó al fondo.

Estuvo en la casa. Subió los cuatro guacayes que eran los escalones.

Empujó la puerta junta... Buscaba a tientas. Teniendo cuidado de no hacer ruido al pisar las cañas del piso.

Al fin, llegó a la tarima donde dormían.

Tanteó encima. Ella estaba virada de lado. Cara a la pared. Tapada hasta la cintura con una frazada. En su mano topó la tersura de la nuca. Se tendió a su lado, a lo

....

[18] Que tiene o cría lama; es decir, un lugar con cieno blando, suelto y pegajoso, de color oscuro, que se halla en algunos lugares del fondo del mar o de los ríos.

largo de ella, con la boca junto a su oído.

—Chabela.

—¿Eres vos, Chombo? Mi has asustao...

Pasó su brazo bajo el cuerpo de ella. Le cogió por dentro de la camisa los senos en las palmas de las manos.

—Aguajda —dijo ella quitando la frazada y dándole los labios al ponerse sobre la espalda.

Preguntaba:

—¿Cómo has llegao?

—Dende que vendí la fruta.

—Mi había quedao dormida. Jue con vaciante, ¿no?

El movimiento hacía sonar el piso. Las mentes se apagaban de placer.

—¿Acabaste, mijito?

Le habló él sordamente. Estando aún enlazadas sus carnes desnudas.

—Oye, Chabela... Voj eres una puta. Pior que una perra. Pero te quiero muchísimo. Por vos mei esgraciao... Por vos hei matao a Juan... Ar que me robaba esto...

La sintió saltar como lisa en atarraya[19]. Al choque, se desprendió el lazo de carne que los unía. El aliento caliente de ella se le vertió en la cara.

—Mardita sea... ¿Qué ices?

—Que luei matao... A Juan, a Juan. Ar que me robaba esto —la nerviosa mano le apretaba entre las piernas—. Y hai que jugar... Ar Guayas... Lejos... Lejos... Onde sea... Hai que jugar...

Un pájaro, entre el monte, a distancia, cantaba.

—Bujío...

....

[19] La lisa, como ya lo anotamos antes, es un pez muy cotizado. La atarraya es una red redonda que utilizan los pescadores. Con este dicho, se quiere demostrar el salto o estremecimiento fuerte de Chabela al verse descubierta, tal como saltan los peces antes de morir en la red.

EL CHOLO DE LA ATACOSA

Demetrio Aguilera Malta

Tar que canción… Prieto el cuerpo, los ojos brindadores, la carne elástica. Reía sobre las balandras y las playas. Dizque le daban ataques. Unos ataques raros y sugestivos. En que pegaba a las mujeres y besaba a los hombres. Tar que canción…

* * *

La conoció en er Guayas. Cuando llevaba él —Nemesio Melgar— leña e tuco[20] a la Eléctrica.

Al conocerla…

La misma noche la arrinconó sobre las cuadernas[21] nudosas de la popa propicia. No sabía nadie. Por eso —claro— estaban solos…

Roncó:

—Me gustás, negra… Me gustás…

La chola lo miró:

—Me hincas, bestia… No, no quiero.

Ululaba el viento pendenciero y gritón. Mordían las olas el irónico vientre de la pobre balandra. El enros-

....

[20] Trozo de madera.
[21] Cada una de las piezas curvas cuya base, o parte inferior, encaja en la quilla del buque y desde allí arrancan a derecha e izquierda, en dos ramas simétricas, formando como las costillas del casco.

camiento de las carnes agitadas tenía algo de sagrado e inefable. Hacía frío…

* * *

—¿Querés ser mía, negra? Mía, sola mía. ¿Querés? Tengo una barsa y una balandra. Soi juerte pa las mujeres y pa los hombres. No te fartará nada. ¿Querés?

—No…

La dominaba aún. Aún tenía su carne en carne de ella. Se pensara un mangle clavando cien raíces en la orilla. Pero…

—Sé mía, negra. Si quieres vivir en la ciudad, yo vendré. A trabajar como un burro pa vos. ¿Querés, negra, querés?

—No. Podés venir a verme cuando te dé la gana. Pero yo no me iré nunca contigo.

Nemesio sentía asco. El asco triste y cruel que dan las mujeres gozadas.

* * *

Y fue…

Fue a verla cien veces —quizás más—. A las balandras. A las canoas. A las islas…

El pedazo de carne amada se le enroscó a la vida. Se alimentó más para ella. Se hizo más fuerte para ella. Trabajó más para ella.

* * *

Pero un día…

—Nemesio Melgar, ¿sabés vos? Anoche mei comío a la Atacosa. Caray que es buena hembra. ¿Sabés

70

vos? Así no se cansa uno nunca. Sino juera porque no somo e jierro.

—Tenés razón.

Y pensó, claro. La pobre mujer no lo había visto hacía dos días. Y como lo quería tanto…, probablemente había pensao que era con él.

* * *

Pero otro día…

—¿Sabés vos? ¿Sabés vos, Nemesio? Hemoj ejtao de suertre. Er martes andábamo po er Guayas como diez echándonos unos tragos. Arguien dijo que ér conocía a una mujer que servía pa todos… Y así jue… Nos llevó onde una que le decían la Atacosa. ¡Y caray!… Por poco nos mata…

—Ajá.

Las nubes agrupadas e innumerables se dijeran millones de dientes blancos de una boca inmensa que se reía…

* * *

No pudo aguantarse:

—So… perra… Sé que te revorcás con todo er mundo. Sé que no valés pa que te quiera naide. ¡Más que perra! Quédate con tus carnes que queman. Me largo pa no vorver más…

La Atacosa rio:

—¿Y qué? ¿Cres vos que me haces fiero? Si así es mejor. Si así debiéramo ser toditas las mujeres… Lárgate pues… Nunca me ha hecho farta naide.

Se dijera que el viento lo pateaba. Por todas partes. ¡Con patadas tan fuertes! Y como estaba el agua tan cerca… Que saltó de la borda y se tiró al mar… Tar que canción…

71

POR GUARDAR EL SECRETO

Enrique Gil Gilbert

¡Fue un desliz de su juventud!

Una aventura cualquiera. ¡Quien quiera que sea la tiene más que sea una vez!

Y llegó a olvidarse por completo de ella. Le había dicho que tenía un hijo… Suponía que era de él…, pero ¡quién sabe!

Y don Pablo Briones repetía in mente:

—¡Si la vaca fuera honrada!

Con el tiempo se olvidó.

* * *

—¿Cómo te llamas?

—Manuer Briones.

Fue como un dinamitazo ese nombre en su cerebro.

—¿Cómo dices?

—¡Manuer Briones, patrón!

—¿De adónde eres?

—Mismamente no lo sé.

—¿Y en qué quieres trabajar?

—De vaquería entiendo un poco.

—Bueno, vas a ganar dos sucres.

—Ta bien.

Quedó cerrado el trato. Don Pablo con el cigarro en la boca pensaba… pensaba… Si fuera…, pero ¡no es posible…! ¡Qué va a ser! Pero… pero… ¡Bah! Son majaderías.

El mayordomo entró.

—Desde mañana va a trabajar este muchacho en la vaquería.

—Ta bien, patrón.

—Y hai que ver si es solo o con familia. Hazlo entrar.

Manuel volvió a entrar en el despacho del patrón.

—¿Tienes familia?

—Nada masj que mi vieja, patrón.

—Ajá. Entonces, Ud. Rafael, le da la casita que está desocupada; allí donde vivía Teodomiro.

—Güeno.

Salieron ambos. Don Pablo, solo, comenzó a silbar lentamente, saboreando el recuerdo de su juventud.

¡La Zoila! Aquella muchacha de catorce años con quien había tenido relaciones. Pero ¿qué importancia podía tener? Si era algo que se hacía sin que a nadie le llamara la atención.

Y se olvidó. No pensó más en ello.

* * *

Manuel Briones estaba solo, sentía un malestar inmenso. Quizá estaba enfermo. Tal vez no lo estaba.

¡Ese tal don Pablo! Que para desgracia tenía su mismo apellido, le estaba siendo algo antipático. No sabía por qué, pero así era.

Un pensamiento acuchillaba su mente. Quiso distraerlo…

Don Pablo... Don Pablo que era un desgraciado le habían dicho... Pero él no podía creer... que don Pablo —ese desgraciado— se entendía con su mamá.

¡Su madre! No podía ser... Pero todo el mundo lo decía. Con razón, cuando él pasaba, tenían un gesto.

—¡Ej el entenao der patrón!

Cuando lo oyó, sintió correr desenfrenado por sus venas un frío de rabia. Su puso lívido. Y su manaza apabulló la nariz del difamador de su madre.

Sentía alrededor de sí un ambiente hostil. Algo así como la burla o el desprecio o el respeto o la ironía. En fin, un no sé qué parecía estar en todos los que lo rodeaban.

Y sencillamente odió a don Pablo Briones.

* * *

La selva tropical silbaba su canción de verano. Los árboles danzaban al son de esa música.

Había una penumbra inmensa, más trágica aún que la oscuridad completa.

Los animales eran esputos[22] de la inmensidad negra del cielo.

Los árboles, danzarinas lujuriosas.

Había una casa de paja y en la casa había silencio. La casa estaba en la selva recién desflorada.

La luz proyectó en un eclipse la sombra de una cabeza sobre la arboleda.

¡Manuel Briones se estremeció! Aquella sombra caricaturizaba las facciones del hombre.

....

[22] Flema que se arroja de una vez en cada expectoración. Se aplica aquí en el sentido de que los animales se veían como manchones en la noche, esporádicamente y borrosos.

Volvió a sentir el desenfreno glacial dentro de sus venas.

Se sintió en el vacío. Perdió la noción de la conciencia exacta. No supo si era o no era.

Solo, como a lo lejos, como venido quizá de adonde, machacaba en su cerebro, en todo su ser, la comprensión de una palabra.

—¡Verdás! ¡Verdás!

Reaccionó. Todas sus células salvajes despertaron. Y se sintió bestia de repente. ¡Quiso no supo qué!

—¡Lo mato! ¡Lo mato!

No se dio cuenta por qué quería hacerlo. Estaba frío. Quería moverse y no podía. Y en su mente había un vértigo de ideas.

Su madre…, haciendo lo que él no hubiera imaginado nunca…, su madre con don Pablo…

—¡Mátalo! ¡Mátalo!

Atribuyó la orden a su padre.

—¡Matarlo! ¡Matarlo! ¡Matarlo!

Y no supo más.

Después se dio cuenta.

—Hei matao… Sangre…, sangre… Soi asesino… Yo…

* * *

El juez sentenció:

—Diez y seis años a la Penitenciaría de Quito.

Pero el juez no había visto lo que él vio. Vio a su madre y a don Pablo… Ella tendida sobre la cama… Y él… Él.

Cuando su madre lo visitó en la cárcel, le dijo:

—Manuer, ¿por qué lo hiciste?

—Porque mi taita lo hubiera hecho.

Y Zoila se desencajó.

—Habís matado a tu taita… ¡Pablo era tu taita!

Manuel sintió algo peor que lo que había sentido cuando presenció el hecho de que él creía culpable a su madre.

Había odiado a su padre… Había matado a su padre…, pero él no tenía la culpa… No… Él era culpable… Se mataría… Pero ¿para qué? ¿Qué había hecho? Él merecía la pena de muerte…

¿Su madre? No. Nada. Ella nada. No tenía la culpa. Era solo él. Y lloró.

—Mamá, ¿por qué no me dijeron?

—¡Pa que naiden sepa! ¡Pa guardás er secreto! ¡Porque ér quería casarse!

EL CHOLO DEL CUERITO E VENAO

DEMETRIO AGUILERA MALTA

I

La primera vez fue en el mar. Claro. Como que ér era pescador...

La bía sartao. De canoa en canoa. Rápido la bía apretao contra su cuerpo, la bía besao. Por más que ella protestara...

—No, desgraciao. No...

Y él estrechándola más. Haciéndola sentir la fiebre de su cuerpo. Dominándola.

—Sí. ¿Sabés vos? Sí. Porque me habís fregao. Porque mei namorao e ti. Porque tenés que ser mía...

El mar parecía ayudarlos. Daba vaivén de hamaca a las canoas. Temblaba con un temblor polícromo de olas...

—No, desgraciao. No...

* * *

Y fue...

La canoa tuvo agitación de correntada. Los vestidos saltaron, tal que lisas cabezonas. Los cuerpos florecieron. Arriba el sol —como una raya de oro— clavó sus dientes rubios en las carnes brincadoras.

Y fue...

Sobre ella y sobre el mar. En el tálamo verde de las aguas. Ante los mangles enormes —bufeos[23] encadenados a las islas—. Arropados con brisa y con horizonte.

Fue…

* * *

Después —final de marea—, él —Nemesio Melgar, Chachito, como lo llamaban—, habló:

—La primera y la úrtima…

Los mangles se hundían en empuje de aguaje. Los roncadores callaban. Los ostiones pudorosos, se vestían en las ñangas[24], con encajes de espuma. Hacía frío.

—La primera y la úrtima…

Y explicó.

Claro. Él quería que todo fuera así.

Tal que un sueño. La cosa rápida. Violenta: ¡el relámpago!… Odiaba la mardita vida siempre iguar. No le gustaba la casa, ni la comida, ni la mujer de todos los días. Quería cambiar. Cambiar siempre…

Sugirió:

—Vos debés hacer lo mesmo. Todo er mundo aquí te quiere. Podés cambiar de hombre como e carzón.

La chola —la negra dura y vibrante como una canoa de pechiche— lo miró.

—No. ¿Sabés vos? Me habís fregao. Pues bien: o contigo, o con naide. ¿Que la primera y la úrtima? Ta bien… Si querés, lárgate. Yo siempre te esperaré. Yo siempre te seré fier como er cuerito e venao… Como er

....
[23] Delfines.
[24] Conjunto de raíces sobresalientes de los manglares.

cuerito e venao que te espera bajo er tordo pa que tú lo cubras… Pa que tú lo calientes…

II

Con la Nica —hembra de recia espaldas musculosas y de muslo de cepo—. Una mujer que lo hizo gritar…

Era una balandra —cerca del mar al fin—… Tirados sobre las cuadernas nudosas. Más potente que siempre y que nunca.

—Caray que tenés fuerza…

—Claro. Er verde y la lisa no me fartan nunca.

—Ajá.

Nemesio Melgar —Chachito como lo llamaban— no podía ya.

—Bueno pue.

—¿Qué?

—Me largo…

—No. Tuavía no.

—¿Qué?

¡Ah! Cómo le brincaba la frase azul de la Nerea. «Como un cuerito e venao».

* * *

Con Gertrudis —vejancona[25] sabia en amor—… Se decía que en Guayaquil se vendía a precios bajos en su juventud.

Era un galpón de San Ignacio —la isla que tenía agua dulce— bajo un toldo. Tranquilos y serenos. Gozando como nunca.

—¿Sabés vos? Eres lo mejor que hei conocío…

....

[25] Vieja (uso coloquial).

—Ja, ja, ja… Ya me lo han dicho.

—Paece que me batieras como a un molinillo.

—Ajá.

—Me hacés gozar como naide…

—Ta bien.

Pero allá —mardita sea—, allá no sabía dónde. Pero mui… adentro de sí mismo. Le gritaba la voz. La pobre voz de la Nerea.

«Como un cuerito e venao».

* * *

¿Cuántas fueron?… La Merela, la Margarita, la Nicasia, la Mamerta, la Cusumba… No las recordaba a todas. Se le metieron en la vida. Tal que un relámpago. Lo chuparon. Lo aniquilaron.

Se sentía débil y pequeño. Tal que un sonámbulo. Arrastrando la tortuga volteada de una canoa de chirigua[26] sobre la uniformidad de los esteros…

Pero un día.

Sin saber cómo ni por qué llegó donde ella. Su Nerea. Su cuerito e venao.

* * *

Y esa noche, la historia vulgar. Los eslabones iniciales de la vieja cadena de la nueva vida…

Ah. Cómo calentó el cuerito e venao. Cómo lo cubrió. Cómo lo tornó incendio de carne. Vibración de marejada…

....

[26] Tipo de árbol que se localiza en Manabí y Loja. Su madera es muy resistente.

LA BLANCA DE LOS OJOS COLOR DE LUNA

Enrique Gil Gilbert

… ¡Porque iba a venir la blanca! La blanquita… ¿Y cómo vendría ahora…?

—¿Ti acordás de cómo era?

—Blanquita… Esa sí era blanca… Er pelito amarillito, así como las naranjas maduras… Y los ojos der color de las noches de luna… Y así como las noches de luna medio que alumbraban, medio que no alumbraban.

Y Rodolfo pensaba: «¿La blanquita se acordaría de él?».

Cuando iba a coger nidos allá en las arboledas y, a veces, con el papá de ella, hasta los bosques de maderas. Y siempre era él quien subía —porque era ágil como un mono— hasta la copa de los árboles… ¡Solo porque la niñita lo quería!

¿Cómo vendría ahora la blanquita?

Debía tener veinte años… Y con lo linda que era…

* * *

Y llegó. Ojos que la vieron de niña y que la vieron crecer, ¡cuántas lágrimas de gozo derramaron!

¡Cómo se había hecho bonita, más bonita en Guayaquil!

Las viejas que la habían criado y tenían el ascendiente de poder llamarla Lolita solamente se frotaban las manos. Hubieran querido abrazarla… Estrecharla como cuando la arrullaban… Pero ellas estaban tan sucias…

La rodearon todos…

Mientras ella besaba a sus padres, esperaba como quien espera el advenimiento de algo sublime, una mirada sonreída de los ojos de color de luna.

Y abrazó a todas:

—¡Chepa! ¡Ven! ¡Qué vieja estás! ¿Y tus hijos?

—Bien niñita. Solamente quel Roberto se me murió.

—¿No digas? ¡Ah! ¡Qué pena!

—Así es, blanquita. Ya moriremos todos.

En los ojos de color de luna la profecía de la vieja fue como una nube.

—¡Ya moriremos todos!

Rodolfo, atrás del grupo, la miraba. Y sus ojos negros y vidriosos que vieron troncharse al empuje de su mano los plazartes y gemir bajo su golpe los gelíes se tornaron centelleantes, y en su centelleo había una sombra.

—¡Eso será pa un blanco desos!

* * *

El día se estrangulaba en la maraña verdinegra de los mangles.

El violeta invadía con su tono dulce el ambiente. La brisa era la queja del día que agonizaba.

Algún alacrán paseó su asquerosa figura sobre las tablas de caña.

Las ranas entonaron su monorrítmica y cansada canción.

—Petra, prende las linternas.

—Güeno, niña.

—Mama Chepa, cuéntenos cómo murió el Roberto.

—¡Ay, Lolita, si hubieras visto!

Y mientras la Chepa narraba, todos escuchaban con atención.

—¡El Roberto! Ese pobre hijo era mardecido porque un día siendo mui pequeño había insultado a su abuela.

—No diga eso, Mama Chepa.

—No, blanquita. ¡Así ej! Bea: cuando insurtó a su agüela pa la medianoche, vino a gritajle un bujío.

—¿Y usted cree en eso?

La buena vieja se santiguaba.

—Güeno:

Y narraba:

«Er pobre

Roberto tenía su mal carácter. Por la nada se calentaba. Y hasta mala alma tenía. Por eso era que la Chepa no lo quería. Andaba siempre sin corvas cuando iba a la montaña y las culebras no le picaban. ¡Como él era malo y las culebras son er diablo…!».

—Esas son las der pecao.

—Ya be. Güeno: como lej iba diciendo…

Y continuaba:

«El Roberto tenía mala alma. Un día vio dos palomitas de santa cruz y las mató de un horquetazo. Y cuando las jue a coger una equis rabo e güeso le picó en la mano. En er dedo er corazón mismamente. Como la palomita era santa cruz y venía der cielo hasta er diablo se había puesto bravo. ¡Por eso lo mató!».

Rodolfo, que nunca estaba lejos de donde estaba Lolita, arguyó:

91

—Y por la manga onde trabajaba pena. Yo luei visto cuando a la oracioncita paso por áhi. Me llama siempre…

—Entonce tú también tienes mala alma. Abema…

Las lámparas de kerosene se apagaron. La voz chillona de Mama Chepa dijo:

—Rodorfo mardecido, el Roberto viene onde bos.

Desde aquella noche, Rodolfo fue puesto al margen. Solo Lolita lo miraba plácidamente.

Pero la blanca Lolita llevaba en sus dedos un aro y Rodolfo ya no la miraba como siempre.

Ella que no creía en penaciones lo miraba con pena. Trató de disuadir a la gente.

¡Pero no! —El Rodolfo hablaba con el Roberto—. ¡Vaya! ¿Que no? Pero si el Rodolfo hablaba solo, sin nadie —ellos lo habían visto— y afilaba su machete.

Se iba solito, solito, a la manga donde le picó la culebra al Roberto y hablaba.

Pero había quienes comentaban:

—¿Sabes pa qué va allá?

—No. ¿Pa qué?

—Pa ver la ventana e la blanca.

—Mentira.

—Si supiera er niño que izque es er novio e la blanca.

—Cuando los ve juntos es que habla.

—¡Ah! Entonce no es por eso, sino con el ánima de Roberto que se trata. ¿Ti acuerdas que áhi jue que mataron a Roberto?

—Lo mató er diablo hecho culebra.

—Sí.

—¡Entonces Roberto tiene pacto con er Malo!

—No. El ánima que se la vendió.

* * *

Dos años más tarde.

Ya Lolita era señora y madre.

—Don Raúl, no deje que er Rodorfo coja ar niñito.

—¿Y por qué?

—Porque Rodorfo está mardecido por Mama Che-pa y le vendió el arma ar diablo.

Raúl reía bonachonamente de la sencillez de la gente.

Rodolfo gustaba de coger siempre que podía al be-becito. Y con sus manos toscas lo acariciaba, procurando ser lo que nunca fue: delicado. Cuando nadie lo veía, lo besaba mezclando a su beso un poco de pasión y de ternura.

Otras veces, lo miraba. Cómo hubiera podido co-gerlo y estrangularlo. Majarlo[27] así como majan melco-cha. Acabar con él y destruirlo para siempre. Pero los ojos —de luna— lo miraban —como los de la madre— así como alumbrando, así como no alumbrando.

Pero nunca sufrió más que un día...

No, no quería recordarlo. Don Raúl inclinado so-bre ella y ella dejándose y sonreída.

Ese beso... Y él la había visto.

Y lo peor... Tener que hacerse er que no veía...

Entonces, sí relampaguearon sus ojos. E instantá-neamente se sintió malo. Ahora sí que le había vendido el alma al diablo.

* * *

....
[27] Machacarlo.

93

Ya no fue más a la casa de la hacienda. No trabajó. Solo moraba en las cantinas. Y su aliento aguardentoso lo respiró la noche, lo absorbió el día.

Siempre huraño. Siempre hosco.

Afilaba y afilaba su machete.

* * *

Madrugada.

Un bulto junto a la casa de la hacienda. Arrastrando casi contra el suelo. Se detiene, contiene la respiración. Escucha. Avanza.

Un brillo. Un machete en la mano.

—Raúl... Papá...

Ya el bulto no se arrastra. El ladrido de los perros viola el silencio de la madrugada. El machete se alza dos veces y los perros callan. Ya no ladran. Ahora aúllan.

Sube la escalera.

—Raúl... Papá... Siento pasos.

Y la sombra está en el corredor. Quiere caminar. Se bambolea. Está borracho. Se abren las puertas.

Raúl y el patrón salen.

—Alto, ¿quién va?

—Yo; soi yo.

La voz era aguardentosa.

—¿Quién es usted?

—¿Y a usted qué l'importa, carajo?

—Si no dice quién es, disparo.

—A mí nengún blanco me dispara. Porque er diablo está conmigo. ¡Viva er diablo, abajo Dios! ¡Viva er cholo, abajo er blanco!

—Silencio.

—A hacer silencio a su casa.

94

Raúl y el patrón se miran.

—Está borracho.

Ya los peones han llegado. En sus manos hai machetes.

—Cójanlo.

—A mí naiden me coge porque lo jodo.

—¡Calla, borracho!

—Borracha estará tu mama.

La voz de Lolita sonó:

—Raúl, ¿qué pasa?

—¿Ónde esjtá Raúl y ónde esjtá Lolita? ¡Porque yo los mato!

La linterna eléctrica de Raúl alumbró el rostro de Rodolfo congestionado y desfigurado por el alcohol.

El brillo del machete en alto hirió la nerviosidad. La voz de Lolita:

—Rodolfo.

—Ónde esjtás bos, perra, pa matarte a bos y a tu marío.

Raúl alzó las manos y se oyeron dos tiros.

—¡A mí no me matas bos, desgraciao!

Quiso moverse, pero ya estaba cogido. Sus manos se agitaron. Querían coger y cogieron un cuchillo.

Cuando todos se acercaron para verlo, y cuando él vio de cerca, mui de cerca el rostro de Lolita, alzó el cuchillo.

Todos cerraron los ojos porque nunca habían visto lo que vieron.

Al abrirlos, estaba tendido en el suelo…

Sobre la cara una baba. Una baba sanguinolenta que le salía de los ojos. Un líquido viscoso brotando a torrentes. De adonde había estado los ojos. Y la sangre saliendo y desbordándose como una catarata.

De la boca le manaba una baba aguardentosa y he-
dionda. Estaba cubierto de sudor.

Se movió y con una carcajada estúpida dijo:

—Ya vido, don Raúl, me saqué los ojos pa no verla
más.

* * *

—¿Y bos viste?

—Yo'staba allí.

—¡Bará! Pero qué malo es pegársela. ¡Lo que es yo,
ni otra! ¡Más que me la paguen…!

—Pero ¡qué bruto! ¡Enamorarse e la blanca!

—¡Así esj, er cristiano es loco!

¡ERA LA MAMA!

Joaquín Gallegos Lara

I

No supo cuántas cuadras había corrido. A pie. Metién-
dose en los brusqueros. Dejando tiras de carne en los
grises y mortales zapanes de las alambradas.

—¡Para, negro mardecido!

—Dale vos la vuerta por ahí.

—Ha sido ni venao er moreno.

Jadeaba y sudaba frío. Oía tras él los pasos. Y el
casco bronco del caballo del capitán retumbaba en el
muelle del piso del potrero.

—Aquí sí que….

El viejo viento se llevaba las palabras. Al final del
potrero había una mancha de arbolillos. Podría escon-
derse. ¡Aunque eran tan ralas las chilcas[28] y tan sin hojas
los guarumos[29]!

—Riss… Riss…

En las orejas se le reían los balazos. Y el golpe de la
detonación de los *mánglicher* le llegaba al pecho; porque
eran rurales.

Más allá de los árboles, sonaba el río. Gritaban
unos patillos.

....

[28] Arbusto resinoso que crece en las faldas de las montañas.
[29] Árbol cuyas hojas producen un efecto tónico en el corazón.

—Er que juye, vive…

¿Se estaban burlando de él?

—En los alambres me cogen…

El puyón[30] del viento le zumbaba en las orejas.

—Manque deje medio pellejo, yo paso…

Metió la cabeza entre los hilos de púas. Una le rasgó la oreja. Las separó cortándose los dedos. Le chorreaba tibia la sangre por las patillas, por las sienes. Se le escapó el hilo de arriba cerrando la cerca sobre él. De un tirón, pasó el torso dibujándose una atarraya de arañazos en las espaldas negras.

—Deje er caballo pa pasar —advertían atrás al montado—. Una patada en las nalgas lo acabó de hacer pasar la cerca. Se fue de cara en la hierba.

—¡Ah! Hijo de una perra…

Esta vez, la bota del rural le sonó como un campanillazo al patearlo en la oreja. En la ya rasgada.

Se irguió de rodillas. La culata del rifle le dio de lleno en el pecho. Las patadas lo tundían.

—Ajá, yastás arreglao…

Pero era un mogote[31] el negro. Rugía como un toro empialado[32]. Y se agarró a las piernas del otro fracasándolo de espaldas. Quiso alzarse y patear también. Veía turbio.

Se culebreó sobre el caído. Forcejeaban sordamente.

—Ajá.

....

[30] Acción y efecto de pinchar en el cuerpo de un animal o de una persona con una navaja u otro objeto punzante. Nótese aquí que el personaje también se enfrenta a las ramas y a los alambres de púas; es decir, incluso el viento lo pincha y le dificulta la huida.

[31] Montón de piedras. Este adjetivo aplicado al negro nos da a entender que no es fácil lastimarlo y que, seguramente, varios de sus atacantes resultarán golpeados.

[32] Empalado. Acto de atravesar un animal con un palo, para su faena.

Lo tenía. Le había metido los dedos en la boca. El otro quería morder. El negro le hundía las manos abriéndole la boca sin sentir el dolor de los dientes. Y súbito tiró. Las mejillas del rural le dieron un escalofrío al rasgarse. Chillaron como el ruan que rasgan las mujeres cosiendo. Al retirar las manos sangrientas, oyó que la voz se iba. No tenía boca. Raigones[33] negruzcos de muelas y de dientes reían. Se llevaba las manos a la cara recogiendo las piltrafas desgajadas.

—¡Ah! Hijo de una perra...

De todos lados las culatas y las botas le llovían golpes. Giró el negro los ojos blanqueantes. Agitó la bemba. Quería hablar. Los miró a todos en torno allí de rodillas. Recordó que todo había sido por el capitán borracho y belicoso. Se cubrió la cara con el brazo y cayó otra vez.

—¡Ah! ¡Mardecido!

—Lo ha fregao a Rangel.

—Démosle duro.

—¡Negro mardito!

Bailaban sobre el cadáver.

II

—Hei, señora.

Del interior de la casa, respondían. Se oían pasos.

—A ver... ¿Qué jue?

—Una posadita...

—¿Son rurales?

—Sí, ¿y qué?

—Bueno, dentren nomás.

....

[33] Raíces de las muelas y dientes.

Brilló un candil sobre la cabeza de la vieja negra. El grupo kaki claro al pie de la casucha semejaba una hoja de maíz entreabierta. Hablaban entre ellos:

—Déjenlo ahí guardao adebajo er piso.

—Era de habeslo enterrao allá mesmo todo... onde cayó.

—Mañana lo enterramo. Anden. Cuidao se asusta la vieja.

Subieron ruidosamente. El cuerpo del negro muerto a patadas hizo una pirueta y cayó montado en el filo de los guayacanes horizontales del chiquero. Bajo el piso.

Apoyaban los rifles cañón arriba en las paredes. El capitán se sentó en la hamaca. Ya se le había pasado la borrachera que lo hizo disputar con el negro. Los otros se acomodaban en bateas boca abajo. En el baúl. Donde pudieron.

—¿Han comido?

—Ya señora.

—Pero argo caliente, ¿un matecito o café puro con verde asado?

—Si usté es tan güena...

—Petitaa... ¿Ta apagao er fogón?

Del cuarto interior, salió la muchacha.

—No tuavía, mama.

—Entonce vamo a'sar unos verdes y un poquito e café puro pa los señores...

La muchacha había hecho encenderse los pai-pais de los ojos del capitán.

—Oye Pata e venao, trai la damajuanita e mayorca pa ponesle un poquito en er café puro e la señora y de usté también, niña... niña Petita, ¿no? No pensaba habesme encontrao po aquí con una flor de güenas tardes como ella...

Petita reía elevando el traje rosado con la loma de su pecho duro, al respirar. E iba y venía con un ritmo en las caderas que enloquecía al rural.

Después del café puro hubieran conversado un rato con gusto. La vieja negra cortó:

—La conversa ta mui güena…, pero ustedes dispensarán que nos vayamo pa dentro acostarno yo y mi hija… Tenemos que madrugás… Porque tarbés amanezca aquí mijo que llega e Manabí mañana… Áhi les dejo er candil.

La puerta de ocre oscuro, de viejas guadúas latilladas[34], se cerró. Sus bisagras de veta de novillo chirriaron. Los rurales la miraban con ojos malos. El capitán los detuvo con el planazo de su mirada:

—Naiden se meta… La fruta es pa mí. Y pa mí solo ta que se cai de la mata…

Ella le había guiñado el ojo. Apagó el candil. Por la caña rala de las paredes salían ovillos de amarillenta claridad. Pegó la frente febril a las rendijas frías.

—Se está esvistiendo…

Miraba, tendida atrás la mano deteniendo a los otros. Cruzó en camisón la vieja hasta la ventana con un mate en la mano. A verterlo afuera. Y ágil metió por la puerta entornada la cabeza el hombre. Una seña violenta y breve: «Vendré, espérame». La Petita apretó púdica el camisón medio descubierto contra el seno. Sonrió: «Sí».

La vieja, sin darse cuenta de nada, se metió bajo el toldo colorado de la talanquera[35] del frente, apagando su candil.

Una hora más tarde crujía la puerta.

Y crujía la talanquera de Petita.

....

[34] Término aplicado a uno de los procesos de elaboración de productos con la caña guadúa.

[35] Espacio que sirve para encerrar a las ovejas. En este contexto, se refiere al espacio de madera, no precisamente un cuarto, que se usa para dormir.

La vieja roncaba. Los rurales soñaban en la cuadrita con la suerte de su jefe.

III

—Señora, muchísimas gracias. Y nos vamo que hai que hacer en er día.

Petita se sonreía con el capitán a espaldas de la vieja. Uno dijo:

—¿La joven es casá u sortera?

—Ta separada el esposo —aclaró la madre.

—Y, una cosa señora pa saber a quién agradecesle, ¿cómo es su gracia?

—¡Panchita e Llorel!

Petita ve al herido —al de la cara desgarrada en la lucha de ayer— y pregunta:

—¿Qué jue eso, capitán?... Como anoche no lei visto...

—Jue antier una pelea...

—¡Pero qué bruto er que se lo hizo! Sería con navaja...

—No, con los dedos...

—¡Jesús! Lo han dejao guaco pa toda su vida...

Bajaron. Ya era claro. La manga[36] húmeda brilla como si hubiera llovido del sereno. Cantaban caciques en los ciruelos de las cercas.

Las dos mujeres empezaron sus quehaceres. A Petita le dolían las caderas: ¡es que tres veces!

—Oíte, Petita..., baja a ver ar chancho que ha estado moviéndose y como hozando toda la noche...

....

[36] Espacio comprendido entre dos estacadas que van convergiendo hasta la entrada de un corral en las estancias.

Bajó Petita y la oyó gritar la madre:

—Mamá, mamá, estos marvaos le han echao un muerto ar chancho… Venga… Eso es lo que ha estao comiendo toda la santa noche… ¡Jesús! ¡San Jacinto lindo! ¡Venga!

—¡Ar fin rurales! Son la plaga: con razón nuei dormido naditita y antes que no han querido argo pior con vos…

Acudió. Como cluecas rodearon el chiquero. No sabían de dónde empuñar el cuerpo mancornado con la cara sumergida en el lodo. Comido por el cuello. Por el pecho. Descubiertas las costillas.

—¡Pero qué mardecidos! De adeveras: ar fin rurales… ¿Y quién será er pobre hombre este?

Por un brazo lo pudieron alzar. La camiseta tenía mucha sangre. Pero el pantalón, ¿lo conocían? Con un canto de la falda limpió Petita el prieto embarrado hediondo de la cara. El cuerpo descansaba a medias en la vieja, a medias en el filo del chiquero.

Fue un grito corto el de Petita:

—¡Ay, mama! Si es Ranulfo, mi ñaño…

La vieja no dijo nada. Su cara negra —arrugada como el tronco leñoso de un níspero— se hizo ceniza, ceniza.

A Petita le dolían los besos del rural —los besos de la noche oscura— como si hubieran sido bofetadas…

EL CHOLO DEL TIBRÓN

DEMETRIO AGUILERA MALTA

I

MELQUÍADES.— Tengo frío.

    NEREA.— La noche ta oscura como boca e lobo…

    MELQUÍADES.— Los muchachos no vienen…

    NEREA.— Er trabajo no tiene hora fija…

    MELQUÍADES.— Tenés razón…

    NEREA.— Siempre la hei tenío.

* * *

El viento mueve el candil como una castañuela. De vez en vez, se empinan los camellos oscuros de las islas y se arropan con vaporosas túnicas de nubes…

* * *

MELQUÍADES.— ¿Te acordás?

    NEREA.— ¿De qué?

    MELQUÍADES.— Hambre de amor me encendía la sangre. Traía enredaderas ñangas en la lengua. ¡Quería matar pa gozarte!

    NEREA.— ¡Cállate!

    MELQUÍADES.— Venía de po arriba. Con andar de relámpago. Sintiendo llamaradas en er cuerpo. ¡Desiando morir o hacerte mía!

NEREA.— ¡Cállate!

MELQUÍADES.— Y te vide venir con ér. A bañarte en la sombra e la noche negra. Temblando.

»Te vi acercar a la orilla. Te vi hundir en el agua tu prieto cuerpo e pechiche. Te vi coger besucadas de espumas en la mano… Ér también bajó. Y ér también tembló. Yo incendiaba la noche con la llamarada de mi odio.

NEREA.— ¡Cállate!

MELQUÍADES.— Salté de mi canoa. Sembré de espumas el arpón de mi rabia. Hice ruido. Un ruido extraño que me asustó a mí mismo. Ustedes gritaron: «¡Er tibrón! ¡Er tibrón!».

NEREA.— ¡Por Dios, cállate!

MELQUÍADES.— Ér quiso huir. Pero er mar con sus dedos de olas le apretó todo el cuerpo. Y fue mío. Y ar no vorver ér más nunca a la vida, fuiste mía vos también.

NEREA.— ¡Ah! ¡Desgraciao! ¡No me lo habías dicho nunca, desgraciao!

Se oye un rumor de remos que se acerca. Un canto. Se empinan más los mangles. Los viejos se miran.

MELQUÍADES.— Ya vienen…

NEREA.— ¡Sí, desgraciao! Ya vienen tus hijos… Y ellos no saben…

MELQUÍADES.— No deben saber…

II

CASLO.— Viejo. ¿Pa qué nos habés tirao al agua? ¿Pa qué nos hacés bañar a esta hora y con esta noche tan negra?

MELQUÍADES.— ¿Pa qué? Yo mesmo no lo hei sabío… Argo me jala esta noche.

110

JOSÉ ISABEL.— Yo tengo un sueño viejo. Me vo pa arriba. Además hace mucho frío. Yo me vo.

MELQUÍADES.— ... No, ¿sabés vos?... Ya farta poco... Siento que ya farta poco...

NEREA.— Yo sí que me largo. No sé cómo hei bajao... ¿Te habís vuerto loco?

MELQUÍADES.— ¿Yo? ¿Yo? ¿Vuerto loco?... No. Mira... Mira... Aquí cerca... ¿No ves? Ahí viene er tibrón...

NEREA.— No lo veo...

MELQUÍADES.— ¿No lo ves? Yo sí. Tienen los ojos llameantes. Me contempla. Me llama... Sí, ya vo...

CASLO.— Er viejo se ha vuerto loco. Llevémoslo p'arriba.

MELQUÍADES.— Sí... Ya vo... Ya vo...

NEREA.— ¡Dios mío! Se hunde... Se va... Cógelo, Caslo.

CASLO.— Se ha largao. ¡Y quién lo halla en esta noche mardita!

NEREA.— Er tibrón... er tibrón.

Hace más frío. Y el candil escupe una alegría injusta sobre las cañas tristes de la casa choluna.

¡LO QUE SON LAS COSAS!

Enrique Gil Gilbert

—¡Ña Gume!

—¿Qué?

—¡Ña Gume, er niño ta herío!

Como si nada le hubiera dicho. Se quedó pensativa con las manos sobre el abultado vientre. Le acababan de decir. ¡Ah! Primero pondría a secar la ropa… No, mejor era ir…

El Manuel, con el sombrero en las manos, la miraba estúpidamente.

—¿Qué? Si él le había dicho creyendo que se iba a volver loca… ¡y nada!

Ni se había dao por entendida. ¡Pero si no parecía la misma niña Gume…!

¡Ella que, cuando se hería uno de ellos o un animal que fuera, se desvivía por atenderlo, como si nada le hubieran dicho!

Se miraban ambos sorprendidos. Ambos anonadados por el algo imprevisto.

—¿Y a dónde está?

¡Caracoles! ¡Era lo fuerte!

—Allá.

—Vamos.

Salieron. En el pueblo se había extendido ya la noticia. Todos la sabían. Y lo que era peor…, habían llevado a Fatillo… Bueno… Ellos no querían decir. Que lo dijera otro. Allá solamente aumentarían la historia con un poquito más de embrollo.

Y cuando pasaba la voluminosa Gume con acelerado paso tropezando las piedras, se codeaban y en voz baja decían:

—¡Güena la que se va a armar!

—¿Y quién lo llevó allá?

—¡Yo qué sé!

—¿Pero eso no debían haber hecho, verdás?

—Eso mesmo digo yo.

—¿Verdás, Petita?

—Sí, comadre.

Era como cuando se presentan las nubes negras. Se presagiaba un algo terrorífico.

—¿Y cómo jue la esgracia?

—Cabalmente no lo sé…

Y contaba algo de lo que sabían. Izque había estao con la mujer del Chino Eustaquio. Izque hacía tiempos andaban en enredos. Y ahora le habían dicho ar Chino.

Lo ciertamente seguro era que el Chino le había dado un botellazo en toíta la cruz de la oreja mismamente. En seguida, lo había atacado a patadas.

—¿Y don Lucho qué ha dicho?

—¡Como con candao se ha quedao!

—Bea usté.

Cuando la Gume pasaba, hubieran querido seguirla… Pa ver la que se armaba. Pero como hoi pocas veces estaba el sol: había que aprovecharlo.

Sudaban mientras lavaban para tender. Solamente descansaban cuando pasaba la Gume, para mirarla y comentar.

Y al darse cuenta de que las miraba, le ponían la cara más compungida[37] que podían.

La Gume pasó calles. En las calles, subió y bajó tropezando con las paredes, resbalando sobre las cáscaras, ensuciándose con el lodo de la tierra y el agua de los aseos. Pasó sin mirar dónde tenía puestos los ojos.

Torció cuatro esquinas. Cruzó la plaza, siempre siguiendo a Manuel.

Cuando Manuel se mostró nervioso y miraba y más miraba hacia la mitad de la calle en el costado de una casa, Gume sospechó:

«¡Esa casa!… Esa casa…». Y ardió su sangre, por sus venas corrió rabia…

«Esa casa… Esa casa…».

No caminó más. Con las manos puestas en jarras, miró a Manuel. A manera de interrogación insultante.

—¡Bah! ¡Bonita cosa! Como si ér tuviera la curpa…

Pero no se atrevía a mirar de frente a Gume.

«Viéndolo bien, ér no tenía la curpa. Pero como él había ido a'visar…».

Entonces, la Gume indiferente, la Gume fuerte, la Gume se afanó por todos, sintió no supo qué.

Cuando miraba la casa, como se mira la madriguera de un tigre, vio entrar al Político y al Curandero.

Los muchachos curiosos, mientras se rascaban la barriga, la cabeza o las nalgas y sorbían la mocosidad, miraban a la que venía.

—¿Oíte, Caslo, esa no es Ña Gume?

—Déjame aguaitar.

Se escondían el uno tras del otro hechos grupo.

—La mismita.

....

[37] Dolorida, atribulada.

Corrían unos a avisar a sus casas y los otros a mirar a Gume.

Gume caminaba muy despacio. Como queriendo llegar y como queriendo no llegar.

Allí en esa casa estaba su hijo. Su Fatillo. Al que había herido el bandido del Eustaquio. Pero esa casa era de la otra...

Se encendían sus ojos. Se contraían sus labios. Se estremecía.

Pero ¿sería posible? ¿Su hijo estaría allí de verdad? No. Ella no debía subir. Por nada. Pasara lo que pasara...

Intentaba regresarse.

Pero:

Su hijo... Su Fatillo. ¿Cómo lo habrían herido? ¿Dónde serían las heridas? ¡Con lo enconosas[38] que son las heridas de vidrio...! ¡Y también lo había pateado! Y dizque cuando patean en la boca del estómago o adonde no se debe, se muere la gente...

Fue como un impulso.

Y subió.

En el margen de una puerta, se paró. Vio sobre la cama su hijo. ¡Pobrecito! Parecía muerto. Pero cuánta gente... ¿Acaso su hijo era pájaro raro para que vinieran a mirarlo...? Fato, Fatillo, pobrecito, ¡cómo estaba! ¡Maldecido Chino Eustaquio! ¡Maldecidos todos los de su casta hasta la cuarta parición de las mujeres!

Quiso acercarse.

El Político se informaba. El Curandero hacía preparaciones con pucho[39] y sebo de borrego. Con eso se había curado el marido de Zoila Rosa.

....

[38] Propensas a la infección.
[39] Dicho coloquial por cigarro.

Unos curiosos se codeaban por lo que iba a pasar. Afuera, las mujeres llamadas por sus hijos habían salido a las ventanas.

—¿Y tuavía no se oye nada?

—Tuavía no.

Esperaban algo. La Gume veía. En la cama de su hijo y sobre su hijo, cuidándolo, acariciándolo, *ella, la otra, la querida de su marido*…

No. No era posible. Su hijo no. Aunque su marido —el Lucho— no importaba. Pero Fato, Fato no… No. Y no. Y no.

La otra se irguió. Bajó la cabeza como resignada. Se alejó de la cama. ¡Tanto que quería al Fatillo! Como al Lucho lo quería.

Lucho, sentado en una mesa, con la boca abierta, se golpeaba nerviosamente con los nudillos de la mano semicerrada los dientes.

La otra salió del cuarto. Llorosa, apenada. Pero tenía que ser. La Gume era la madre. Más que ella lo quisiera.

Avanzó la Gume. Se arrodilló junto a la cama, ¡ah! ¡Ah! ¡Ah, Fatillo!

—Fatillo de mi alma, hijito…

Fato quiso abrir los ojos. Quiso sonreírse y una mueca horrible contrajo su rostro.

Se diría que un frío, intenso, penetrante, cruzó por la estancia.

—Padre nuestro que estás en los cielos…

Por la boca derruida y torcida de las viejas silbaba la oración. Gume lloró sobre su hijo.

La otra. La que lo amaba como a hijo no pudo abrazarlo y lloró desde el marco de la puerta.

* * *

Abajo, cuando bajó la Mariana, los muchachos y las mujeres la rodearon. Y estiraban como garzas sus pescuezos. Y se estrujaban para estar más cerca y oír mejor.

—Pa que bean. En lo que han venío a parar.

—Así esj, quién hubiera creío.

La Mariana todavía asustada no cesaba de repetir lo que dijo el Político.

—¡Lo que son las cosas!... Cuando uno menos piensa.

—Sí hija, así esj...

Un muchacho bullanguero invitó a jugar al trompo. Y, sonreído, cuando perdió el primer quiño[40], también dijo:

—A mí que no me falla... Lo que son las cosas...

....

[40] El quiño, en el juego de los trompos, es el pinchazo de uno de los trompos con la aguja a otro.

CUANDO PARIÓ LA ZAMBA

Joaquín Gallegos Lara

Era un hecho. Estaba preñada. Andrés no había vuelto por la casa de ella desde que se lo dijo. ¡Le daban tanto asco las mujeres así!

—Ej abusión que tengo pa mí: la mujer embarazada ej pior quer muerto di amaliadora: lo pone pujón a uno.

¡Era todo eso! Y era también la imagen gentil de su negra que se le deformaba. ¡Cómo se perderían esas caderas y ese talle en el montón de carne templada!

—¿Pa qué vesla hecha una botija?

Había también... El pensar si fuera suyo el hijo que estaba en la barriga de Lucha.

El negro Manuel —el marido— por su parte lo creía de él. Andrés dudaba.

—Yo monto al anca... Pero ¿cuár la empreñó?

Porque sabía que no era posible que fuese de los dos, como burlonamente decían. Del uno o del otro.

—Si es mío, sale amestizao... Si es dér, carbón entero... Vamo a ver.

* * *

La zamba Lucha se vio con Jacinto, el amigo más próximo de Andrés.

Era Jacinto un blanco venido a menos. Antes, en la ciudad, fue alguien. Ahora era vaquero en una hacienda cercana al pueblo. Ahora era er Colorao, sobrenombre traído por el pelo, de un rubio llameante.

Se vieron en la pulpería.

Er Colorao había dejado el macho romo que montaba amarrado a una argolla del portal.

Al ir entrando, se enredó la uña del dedo grande del pie en la herradura clavada en el umbral pa que dentre la suerte.

—¡Mardecida sea! —dijo y entró.

Entonces, entre el olor penetrante de los víveres metidos en las perchas o apilados en sacos entreabiertos —olor de sebo, de cacao, de panamitos[41] y mallorca— la vio.

Estaba al pie del mostrador. Sin zapatos, los polvosos pies apoyados inquietamente en las tablas del piso. Con una bata colorada, sucia de mugre en las prominencias breves de los pechos y en la gran loma de la barriga.

Jacinto se susurró:

—¡Qué preñadota questá!

La pereza de las largas siestas y las ojeras del mucho vomitar se veían en la cara de la zamba. Y en su pelo casi sin peinar, que parecía escarbado de gallinas.

Er Colorao venía a llevar arroz a la hacienda donde trabajaba. Ella hacía su comprado. Se saludaron:

—Güenas tardes, Lucha, ¿comostá? ¿Y mi compadre Manuer?

—Ér ta güeno. ¿Y usté?

—Así así; de usté nada le pregunto porque la veo medio embuchadita... ¿De qué jue el empacho?

....

[41] Tipo de fréjol o caraota que se consume en Ecuador, Perú y Colombia.

Lucha se rio y callaron. La miraba. Si el pasado estuviese escrito en la cara de las gentes, ¡cómo se correrían los dos! No se decían nada. La pulpera preguntó:

—¿A ver, qué jue?

—Una cuartilla de arroz.

Lucha, bajando la voz, le dijo de pronto:

—¿Qués de su amigo Andrés?

—Ahí está.

Volvió a quedar silenciosa un instante.

—Ígamele que qué le pasao… Que por qué no va. Que vaya…

—Bueno.

Y fue todo. Ella recogió la hoja de maíz en que le habían despachado su manteca. La unió en la vieja canasta serrana al resto de la compra. Pesada, pipona, salió de la pulpería.

* * *

El negro Manuel estaba encantado con la preñez de su mujer. Le blanqueaban los ojos de gusto. Y pelaba el coco de los dientes en carcajadas de muchacho.

—Ja, ja, ja… ¡Va a ser como er padre, un negrazo güen mozo!

Y se miraba el torso áspero de guayacán quemado. Los hombros y los brazos como raíces nudosas.

De noche, en la talanquera, se revolvía sobre el cuero e venao y ponía su mano calluda, que quería ser ligera, encima de la barriga levantada, y le decía:

—¡Negra, quiero que te acuides pa que no me albortes a mijo!

Desde que tuvo los tres meses Manuel, que antes no dejara pasar una noche sin caer sobre ella, con ardientes ansias, cesó de molestarla.

Cuando el calor del cuerpo próximo o el roce de sus pechos o de sus nalgas lo enardecía, se escapaba afuera. Con pretexto de orinar.

Lucha encontraba a veces —y se reía— manchas pegajosas como de muyuyo[42] en la parte baja de las cañas de la pared. En la cocina.

* * *

—¡Ay! ¡Ay! Manuer, andavete, tráite a ña Pancha. ¡Ay! Yo me muero, yo soy primeriza...

Corrió e hizo correr también a la vieja curandera que sabía hacer parir.

Se cerró la puerta. Fue un rato. En el cuarto casi a oscuras solo se oía quejarse a la zamba. Y la voz velada del negro Manuel:

—Pare nuestro questás en er cielo...

* * *

Otro amigo se lo contó esa misma tarde a Andrés. En la chingana de la plaza del pueblo.

Entre chicha y chicha.

El día bejuqueaba de amarillo las casas de enfrente yéndose. Un chancho roncaba en el polvo, en media calle, como un cantor borracho carraspea limpiando el pecho.

Andrés oyó la historia viendo turbio. Cual si mirara todo tras el cristal ochavado[43] de los vasos.

—¡Izque jue la der diablo en esa casa!

—Ajá, cuenta, vos.

....

[42] También conocida como cordia amarilla. Su fruto blanquecino, al exprimirse, desprende una sustancia pegajosa y viscosa.
[43] De ocho ángulos iguales y ocho lados iguales, cuatro a cuatro y alternados.

—Er negro rezando, creo que hasta hincao. Ella abiesta e patas y la vieja Pancha jalándole ar chico. ¡Cuando Lucha dejó e berriar y la vieja lavó a la criatura, vino la güena! Manuer dice: «A ver, ña Pancha. Empriésteme pa ver a mi hijo». Y ér que lo coge: «Pero ¿qués? No es negro como er padre esta criatura...». Ña Pancha izque le dijo quer cristiano ej mismamente como er ratón y como er zorro, que nace pelao y colorao y más después güerve a la color natural...

Andrés pensó: «Es mío. La iré a ver. Conoceré a mi chico». Las chichas le bailaban dentro. Veía adelante muchas cosas. Se sentía padre.

—¿Entonces er chico nues negro? ¿Ej de color montuvio? ¿Ej amestizao?

—No. Er muchacho nues negro ni amestizao tampoco. Ej blanco como potrillo talamoco[44]. Y er pelito catiro. Como el único blanco e po aquí amigo e la zamba y catiro ej er colorao Jacinto, dér tiene que ser er bendecío chico.

—Ajá... ¿Y qué cara pondría la zamba? ¡Caracho! ¡Eso tiene er ser perra!

El sol se había ido. La ropa de la tarde se rompía en andrajos de claridad.

Soplaba un viento que olía a aguacero. Los platanales que estaban a la entrada del pueblo, curvos ante la racha, sonaban. Andrés anchó las narices respirando la lluvia.

Y de allá del monte vino un sonido. Un sonido de punta áspera rayando un vidrio. Largo de un solo aliento de cinco o diez minutos que de pronto avienta las orejas de un empellón en la poza del silencio.

—La cigarra pide agua. Va a llover. Va a llover... ¡Y eso tiene er ser perra! ¡Eso tiene er ser perra!

....

[44] Uso coloquial del Ecuador que significa *albino*.

JUAN DER DIABLO

Enrique Gil Gilbert

I

«Juan der Diablo»…

¡Qué tonta la gente! Si él se llamaba Juan de Dios. ¡Pero en fin!

Así lo llamaban y se dejó llamar.

* * *

Una mañana fue al pueblo.

—¡Diablos, qué hembrota!

Atractiva y corpulenta, movediza y coqueta, pasó la hija de don Cato.

—¿Cómo se llama? ¿Ah?

—¡Eudosia!

—¡Qué güena ques!

La miró como cuando chico las frutas de la chacra.

—Sabrosa ha de ser…

Ella miró sobre el hombro. Se diría que lo invitaba.

—Asígala, que de onde sabe… por si aca la palanca esté floja y se caiga la ropa…

La siguió. Eudosia se dio cuenta y se movió más que de costumbre. Miraba a cada instante. Y a cada mirada sacaba la lengua para mojarse los labios. Tal que culebra[45].

....
[45] La imagen de una mujer como culebra nos lleva a la maldad y la astucia.

131

Los vericuetos de las calles permanecieron sin llamar la atención a su paso.

* * *

La noche murmuraba un secreto a las cosas. Estaba llena
de vacío negro. El ruido del silencio absoluto vibraba.

Como un vértice de sombra era la figura de Juan. Estaba cantando al pie de la casa de Eudosia. Su voz se torcía
de inseguridad. Es que «había tirao puro ni descosido»[46].

Adentro, fingió un relincho de potranca, con su
risa, Eudosia.

—Si ha dispertao…

Se contentó. Montó el brazo sobre la guitarra y
comenzó a tejer con sus pies —fingían agujas— la tela
del camino del regreso.

Un aguacero de orines lo abrazó como beta que se
enreda al bramadero.

—… ¡Y era er terno blanco, er nuevo de ir a
Guayaquil!

—¡Mardecida sea la vieja y su mama que la parió!
Me ha fregao la parada.

—¡Ba que echa chispas! —dijo la vieja, arrebuján-
dose en la sombra mientras se cubría los senos, de rubor
la noche.

* * *

Llegó la siguiente noche. Fingiendo el retrato de la anterior. Negra como todas.

....

[46] El hombre había bebido aguardiente ni descosido, es decir, sin freno.
Descosido viene de que, en un cuero o recipiente descosido, parece que no
hubiese entrado ningún líquido y se lo llena una y otra vez.

También Juan der Diablo fue a berrear. Dos cuerdas de la guitarra se congestionaron con la bulla y rompieron su vida. Él no lo sabía.

La ducha de orines iba a caer otra vez, sobre él.

—Arza la gran flauta… Vieja bruta paría a brincos…

Teodoro, el hermano de Eudosia —valiente y machetero—, se imaginó insultado. El machete brilló en su mano negra como la fosforescencia del mar en la noche: estela del barco de la rabia.

—Oíte… ¿A quién insurtas vos?

—A tu mama y a vos también.

Ya estaba abajo. Casi junto a él.

Sus ojos blancos resaltaban tal que garzas en la poza de la cara.

—¿Querés jalarte ar jierro?

—A naiden l'hei tenío miedo…

—Entonce…, guarda allá…

El poncho casi no envolvió el brazo. La noche oyó cantar, gemir, llorar, gritar a los machetes.

Teodoro era más torpe.

Juan avanzaba.

Su brazo era más fuerte. Más ágil. Y avanzaba. Su machete bailaba cerca de la cara, del pecho, de la barriga de su contendor.

Teodoro se cansaba más y más.

Los machetes se entretejían. Con lascivia de sangre, agotados de gritar, se animaban uno a otro.

Al fin, el machete de Juan der Diablo cayó terrible, cortando, casi bajando, el cuello de Teodoro. El miedo se hizo voz en la garganta de las gentes:

—¡Lo jodiste! ¡Andavete pronto!

Corrió largo, hasta que el cansancio lo embargó tal que una fiebre.

Cuando se detuvo, estaba el machete riéndose en su mano. Con una risa de sangre coagulada.

Lo lamió saboreando. Ahora sí que no lo cogían.

Recostó su cabeza contra el suelo y se arrojó de frío.

II

«Juan der Diablo»...

Como er descabezao... Los caballos de la sabana... La viuda der tamarindo... La de la canoíta... Así...

Evocación del tiempo viejo, pero realidad. Era como decir muerte.

... Cuando gritaban las valdivias, era seguro que Juan der Diablo aparecía.

* * *

En el fundo de los López.

Seis de la tarde.

La tarde se diluía en la noche. Los hombres hechos grupos eran tal que los dedos crispados de una mano. Detrás de ellos, el sol lanzaba su último rayo rojo.

—¿Qué te parece la úrtima?

—La e Juan der Diablo, puesj.

—¡Ah! ¿Qué ha hecho?

—Asartó la hacienda e los Parejas. Y se robó toíto. No dejó nada. Ér solito y cuatro más.

—¡Qué bruto!

La noche seguía extendiendo los brazos. Estaban junto al barranco. El río pasaba cantando. Se retorcía refregándose contra la tierra.

—¿Y la rural no le ha echao mano?

—¡Qué va! ¡Esos son flojos y le tienen miedo!

134

—Aha.

—Pero, oye, ¿y la Eudosia?

—Izque se jue par Guayas.

—¡Güena era!

—¿A vos te gustaba?

—A mí sí, ¿y a bos?

—También puesj, ¿acaso no soy hombre?

—Si supiera Juan.

—Como yo no la enamoro…

La noche estaba entre ellos. Un viejo la rompió
con la luz de un candil.

III

—Juan, ¿bas a sartar?

—Claro puesj, ¡qué cará!

—Pero ¿aquí en Guayaquil…?

—Sí.

Y diciendo, hizo.

El río se deshacía en la vaciante. Los vapores y las
balandras dormían emborrachados de tranquilidad. El
malecón se hastiaba de estar solo. Saltó.

Allá, a lo lejos, un reloj saludó con diez gritos a la
noche.

Se halló en el barrio del Conchero. Una victrola[47]
cantaba. Cholos balandreros borrachos regresaban a sus
balandras. Serranos sentados o durmiendo en los porta-
les. Un paco —envuelto en su capa gris— pitaba de rato
en rato.

....

[47] Equipo antiguo que se utilizaba para reproducir música. Había que incluir
previamente los temas que debían reproducirse y contaba con una manive-
la para darle cuerda al aparato.

En una pianola de un titulado bar, chillaban pasillos de moda.

Siguió por la Tahona.

Por un callejón salió a Eloy Alfaro. En el centro y señalado por los focos eléctricos, se sintió acobardado. Por otra parte, el terno almidonado y planchado. Y los zapatos...

Tres automóviles lo asustaron con su grito.

—¡Desgraciaos! ¿Pa qué los inventarían?

Se había puesto cuello y le estorbaba. Se rieron unos cuando pasó al lado de ellos. Por la avenida Olmedo, se dirigió a las afueras.

Caminó varias cuadras.

Llegó, silbó y salió ella. Lo hizo entrar al zaguán.

—¿Y qué milagro has benío?

—Quería berte.

—Yo sabía que ibas a benir.

—¿Quién te lo dijo?

—Adivina...

—¡Ah! Er Julio que vino antier...

—Sí, cuando yo estaba comprando en la plaza...

Después sus dedos fueron tal que potros desbocados.

Galoparon sobre la sabana aceitunada de su cuerpo. Sondeaban, elásticos y atrevidos. Seguían todas las ondulaciones.

Ella lo dejó hacer.

Después, le tocó a ella... Lo acarició. Lo hizo gozar.

Cuando el día despertó, lo vio irse, agotado y malhumorado.

Los lecheros gritaban:

—Lechee... Lechee.

Y tamboreaban los zaguanes.

De lejos, una voz madura gritó:

—Panaderoo…

IV

—¡Mardita sea!

—¿Qué?

—Nada. ¡Que la perra esa me ha jodío!

—¿Qué te ha hecho?

—Me ha enfermao…

—¿Con qué?

—Creo ques…

—¡Te fregó!

—¡Yo no me quedo con esta! ¡Mardecida sea!

V

En la Josefina.

El grito de la selva besaba el silencio. El río —en su corriente— era una culebra enorme que avanzaba.

Chis-chas, chis-chas…

El secreteo de una canoa violando el agua. Lo único que hace bulla en la noche. Y el salto de algún pescado. O el rayado veloz de un tiburón pequeño.

La canoa ascendió la playa.

Un bulto. Despacio. Haciéndose un atado. Caminando como un mono, con pies y manos. Procurando ocultarse. Por entre las malvas rastreando.

Llegó a una casita y subió. Habló quedo y susurrante.

—¡Eudosia! ¡Eudosia!

—¿Qué? ¿Eres vos, Juan?

—Sí. Ven.

—Espera prender luz…

—No. Ven así.

* * *

—¿Te acuerdas de esas noches en Guayaquir? Me fregaste y ahoritita me las bas a pagar…

Alzó el machete.

—No… Po Dio… Ju…

Le partió el cráneo. Ella habló con un gemido último:

—¿Ju…an… pol…qué… matas…?

¡Pobrecita!

La cabeza partida. Sangrante, con los sesos salidos. En la cara, una mueca de espanto.

La miró. La miró tanto que sufrió un mareo de muerte. Y se quedó dormido.

Una garza morena pasó volando muy cerca al infinito.

EL TABACAZO

Joaquín Gallegos Lara

—Icen que Mateo ha regresao ar pueblo.

—Ajá, ¿no?

Se lo contaban tal vez malignamente. Pa vesle la cara…

—¿Y a tú qué te paece, Manuela?

—Nada.

—¿Ti acuerdas?

—Tarbés…

La dueña de la chichería no delataba emoción alguna por la vuelta del antiguo amante. Algo, sin embargo, muy remoto, muy rápido, en los negrazos ojos, pasó…

* * *

Ya se habían ido los últimos borrachos. En la calle del pueblo que cerraba los ojos de sombra, se apagó un amorfino. Un amorfino de un dejo hondo y largo. Un amorfino aguardentoso:

> Mañana me voy pa Quito
> a comprar paper sellao
> para escribirle una cartita
> a la hembrita que mi ha orvidao…

141

No eran nada las palabras. Lo que en las almas sacudía cosas viejas era esa voz estremecida de temblores que se arrastraba con ganas de llorar.

Y Manuela vio venir entonces a Mateo. Saliendo de noche. De la noche que olía a monte con aguacero.

* * *

—¿Ti acuerdas, negra?

—… Claro…

El candil bamboleaba sus trazos amarillos en las cañas violadas de humo. El tufo de kerosén hacía toser a Mateo. Por otra parte, sonaban en el silencio los manotazos con que ambos se mataban los mantablancas[48].

Y no hablaron más.

—Ya hei regresao…

Y era todo. El pasado se borraba. Las manos se enlazaron comunicando la vibración caliente. Se buscaron las bocas. Los duros senos de ella entre el vestido colorado se aplastaron contra la cotona de él.

Los grillos saltaban en extravagante *raids*. Un murciélago aleteó. Afuera, las ranas tenían un toldo de sonidos sobre la noche de invierno. Las cañas crujieron cuando los dos cuerpos como dos cogollos se doblaron meneándose.

* * *

Al día siguiente, tenía en la boca el sabor de los besos de él. No sé por qué los asociaba con las ausencias. Le sabían a lo que ella suponía era Guayaquil.

....

[48] Tipo de mosquito que se desplaza a saltos y que transmite la bartonelosis.

… ¿Volverían a unirse? No lo sabía. Después del loco estrechón, ella, limpiándose adentro, con un canto del traje arrugado, lo empujó:

—Andavete… Cuidao con mi mama… Masque vos eres er padre de mi chiquita. Tarbés no le guste…

Y de prisa había cerrado las puertas anchas de la chichería. Que eran el último ojo de claridad en la cara negra del pueblo en sueños.

* * *

Dejó la chichería a cuidado de la madre. Pretextando ir a lavar una ropa al estero.

—Yo no m'embromo. No vo a lavar con jabón que se corta en el agua e río. Con cabuya se friega más la ropa, es cierto, pero es más breve. Ya vengo mama…

Y cruzó con paso veloz las calles donde empezaba a encender la mañana. Lavó de apuro. Agachada en la balsa.

Al pie de ella, saltaba como un puñado de chispas blancas y brillantes la chautiza[49]. Un raspabalsa crujía abajo.

Era una mañana clarísima. Los patos cuervos bailaban en la corriente.

A ras de agua partían con un vuelo, derecho, alas inmóviles, y de improviso se sumergían.

Distraída, acabó de lavar y quiso bañarse. Con una bata sucia por todo traje, habiéndose desvestido sin miedo, cubierta como estaba de las miradas del pueblo por el barranco, entró al estero frío.

La bata se le pegó al cuerpo. Era casi transparente. Se veían los gruesos botones de sus pechos levantar su

....

[49] Especie de sardina con la que se hacen platos típicos en la Costa.

vértice en la cima. Y la negrura de los sobacos y su bajo vientre se llenaban de finas gotitas de aguas resplandecientes como chaquiras[50] en terciopelo.

* * *

De regreso, bañada, fresca, se encontró con él en la plaza. En el banco de la peluquería.

—Anda a la casa… Quiero hablar con vos…

—¿Y tu mama?…

—Ta cocinando adentro. Ven nomás.

La siguió de lejos. Un instante después que hubo entrado, penetró él en la chichería.

Ella lo esperaba apoyada de espaldas en el mostrador.

* * *

—Mateo, vos vas a sejme franco… ¿Piensas volver conmigo?

La limpia mirada de Manuela lo turbó. Buscaba evasivas.

Ella fruncía los labios finos. Se pasó la mano apartando un churo de pelo mojado de la frente.

—Anda, contesta… ¿Erej er mesmo di antes? ¿Me quieres tuavía como lo juraste? ¿Le darás argo a tu hijita? Masque ella no necesita con er favor de Dios, pero siempre er cariño er padre…

Quiso abrazarla. Tendió la mano y le cogió la barbilla. Sonreía sabiendo que ella lo amaba.

—Ve… Tarbés me tenga que largás… Tarbés también me quede… Si me quedo, claro que me vendré con vos y la chiquita…

....

[50] Cuentas o abalorios usados en brazaletes, collares y otras joyas.

Y le metió la mano por el descote, abarcando con ella toda uno de sus pechos, elástico y grande, cuya punta estrujaba despacio…

La empujó adentro al cuarto. Los cueros de chivo se mullieron para recibirlos.

* * *

Y bruscamente lo supo.

—¿Er Mateo? ¿Ónde ha llegao ices?

—A la casita er compradre Bolívar Carrión onde está dende que llegó, con la blanca que trujo der Guaya…

El piso se le hizo como el puente de una balandra en el mar —se acordaba de una vez que fue al Morro— y hasta los ojos se le cerraron del mareo.

No dijo nada. Quedó pálida tal que se viera al muerto.

* * *

—Manuela, ¡er desprecio es más mejor! ¡No t'enjurescas y no te apenes! ¡Aguajda!

—¡Ej un perro! ¡Un perro!

Las cejas negrísimas se unían en un solo rasgo duro. Era una mujer hecha: no era una niña. Ni cuando la abandonó la primera vez había llorado. Supo vender prenditas que le dejó la abuela y puso la chichería con la madre. Se había sabido mantener. No temía. Pero qué odio le causaba el mal hombre.

—¡Se sabe burlar de las mujeres! ¡Se ha reído e muchísimas pobres! ¡A cuenta de güen mozo!

La amiga asentía. Con un ligero ímpetu de deseos en lo íntimo. Con esa aureola de odio que tienen ciertos hombres y que tan fácil es convertir en amor.

145

—¡Pero, mujer!

—¡Figúrate, Pepita! Yo era una muchacha inocentona, cándida. Y era niña. ¡Ér me perdió! Jue en Taura, en la haciendita que tenía er finadito mi agüelo. ¡Qué cangreja jui! Le abría er zaguán toititas las noches… Cuando me nació la chiquita y er viejo quiso hacer bulla, jue tasde… Ér se largó… Ahora izque se ha traído engañada una pobre blanca… ¡Sí ej un perro! ¡Un perro! Y teniendo mujer viene y yo, ¡qué bestia! Mei dejao…

—¿Vos has estao con ér?

—Sí, anoche y todoi…

—Pero ¿por qué? Habiéndote dejao botada antes…

—Pues… ¡porque lo quiero!

* * *

—Güeno, don Mateo. Yo, su comadre, quiero tomar esta copita por er santo y por las paces…

—Güeno, comadre Petita, sírvete vos eso sí; también, Manuela.

—Salú.

Lo dijeron todos tres y bebieron. Era víspera del santo de Petita.

—¿Er puro ta argo juerte, no? Pa mañana téngase unas cuantas damajuanas[51] de chicha. La chicha es mejor.

Así hicieron las paces esa tarde asoleada y clara. Cuando ya se venía el verano. Cuando el pueblo hervía por correr San Pedro.

....

[51] Recipiente de vidrio o barro cocido, de cuello corto, a veces protegido por un revestimiento, que sirve para contener líquidos.

Se alistaban los parejeros[52]. Había un palo ensebao. Y de Guayaquil había venido un carrusel.

—Va tar güena la fiesta... ¡Yo vo a correr San Pedro hasta por gusto!

Del patio venía un humo acre. Era humo de las candeladas donde se cocinaba la jora. En el fogón, hervía una paila de mazamorra.

Y arremangados los brazos arriba del codo ellas dos trabajaban.

Cuando Mateo salió, y sus albardas fueron sonando al compás de trote del caballo por la calle en siesta, las dos mujeres se miraron. Y Manuela dejó caer como una piedra despacio estas palabras:

—¡Y ér que piensa correr San Pedro!

* * *

Esperaban el momento de la bulla. No debía tardar. ¡Ah!

—Y ar fin no mi has dicho como jue que te dijo ella que hicieras...

—Cuando jui, taba dando e comer a un armadillo... Mizo dentrar pa dentro er cuarto... ¡Había yerbas y olía di una manera! ¡Tenía argo e canillera[53] yo! Más pior cuando vide a la cabecera e la talanquerita e la vieja una calavera. Y más pior tuavía cuando salió arrastrándose un rabo e güeso di adebajo e la cama. Grité y quise correr recogiéndome las polleras... Pero la vieja mizo alentar.

—Yo nunca hei tao onde una bruja, Jesús Ma...

....

[52] Se dice del caballo de carrera y en general de todo caballo excelente y veloz.
[53] Temblor de piernas, originado por el miedo o por otra causa.

—Aguajda. Ar fin acabó e darle e comer al armadillo y me dijo: «Güeno, hija, ¿vos qué quieres? Que vuerva con vos u hacesle daño». Me quedé entonces quedita. Y le dije: «Esté... ¿Qués mejor?». «Lo que vos quieras». «Deme e las dos maneras que yo le pago er doble. Pa pagaslo hei tenido que vender mi gallo giro er fino y la gallineta americana». Y me enseñó dos porquerías desas...

—¿Y cuáles fueron?

—¡La una: pa traeslo e nuevo es puerquísima! ¡Me dasta vergüenza!

—Dila, hombre, anda. ¿Qué jue?

—No... Pero güeno... Vos eres de confianza... Hay que lavarse todita la cosa y dasle di algún modo esa gua. Y también quemar tres pelos de la cabeza, tres der sobaco y tres di abajo... y er porvito u cenicita esa se le echa en chicha u en fresco... Así es que vuerve con una el hombre más emperrao...

—¿Y la otra cosa qué jue?

—Ej argo menos puerco... peo más piorsísima... En una botella e puro se pone media libra de tabaco. Se deja ar sereno una noche. Y después se ciesne... er puro ese...

—Güeno, y vos, ¿cuál li has dao?

—¿Pa qué jue perro? Lei dao er tabacazo... ¡Pa que se revuelque con más gana con la blanquita esa!

—¿Y qué le va a pasar?

—Vai a veslo vos mesma...

* * *

—¡Manuela! ¡Venga! ¡Venga!

—¿Qué ice, ña Chepa?

—Venga a ver a Mateo. Si ha caído der caballo. Y se ha gorvido loco. T'aullando pior que perro y revorcándose en er porvo echando espuma por la boca. Venga pronto. En la esquina e la chichería.

* * *

Sucio de polvo. Caído de rodillas. Hirsutos sus cuidados rizos de hombre de mujeres. Apagados los ojos. Como vidrios de botella empañados. Riendo a carcajadas estúpidas. Así vio Manuela al Mateo, que un tiempo tuvo en sus brazos.

—Negro, negro, ¿qué ti ha pasao?

Ella no sabía cuál era ese arranque. La gente hacía círculo. Causaba cierto horror y no se acercaban a auxiliarlo.

—Pero ve...

—Vayan avisen pa la casa dér. Onde la blanca...

Cruzó entre todos, abriéndose paso. Se echó de rodillas, junto a él.

—Ahí viene la blanca —decían.

Qué baba apestosa a mallorca le escurría de los labios. ¡Cómo estaba sucio de tierra!

Los ojos vidriosos le bailaban. En medio de un aullido, chilló:

—¡Ajá! ¡Erej vos so pedazo e puta! Anda a tirar con er perro que te engendró.

Ella le apartó con su fina mano el pelo sudado sobre la frente.

Con dulzura exquisita.

—¡Que venga mi blanca! Íganle que la hei visto revorcándose con er mono, pero que no importa... Que venga con er miquito pa que me los lama cuando me la atranque... ¡Mardita sea! ¡Er miquito! ¡Er miquito!

Seguía:

—¿Y vos quién eres? ¿Voj eres la Manuela? ¡Ajá, perra, anda a la ñoña! Yo toi espechao e mujeres… Pero no puedo ser maricón… Apreúntenle ar cura ques maricón si es güena esa pendejada…

Dijeron:

—La blanca.

Manuela dejó descansar la cabeza suavemente en el polvo. Y lloró.

EL CHOLO QUE SE VENGÓ

Demetrio Aguilera Malta

—Tei amao como nadie, ¿sabés vos? Por ti mei hecho marinero y hei viajao por otras tierras... Por ti hei estao a punto e ser criminal y hasta hei abandonao a mi pobre vieja: por ti que me habís engañao y te habís burlao e mí... Pero mei vengao: todo lo que te pasó ya lo sabía dende antes. ¡Por eso te dejé ir con ese borracho que hoy te alimenta con golpes a vos y a tus hijos!

La playa se cubría de espuma. Allí, el mar azotaba con furor, y las olas enormes caían como peces multicolores sobre las piedras. Andrea lo escuchaba en silencio.

—Si hubiera sío otro... ¡Ah!... Lo hubiera desafiao ar machete a Andrés y lo hubiera matao... Pero no. Ér no tenía la curpa. La única curpable eras vos que me habías engañao. Y tú eras la única que tenía que sufrir así como hei sufrío yo...

Una ola como raya inmensa y transparente cayó a sus pies interrumpiéndole. El mar lanzaba gritos ensordecedores. Para oír a Melquíades ella había tenido que acercársele mucho. Por otra parte, el frío...

—¿Te acordás de cómo pasó? Yo, lo mesmo que si juera ayer. Tábamos chicos; nos habíamos criao juntitos. Tenía que ser lo que jue. ¿Te acordás? Nos palabriamos, nos íbamos a casar... De repente, me llaman pa trabajá en la barsa e don Guayambe. Y yo, que quería plata, me jui. Tú hasta lloraste, creo. Pasó un mes. Yo andaba po er Guayas, con una madera, contento e regresar pronto… Y entonces me lo dijo er Badulaque: vos te habías largao con Andrés. No se sabía nada e ti. ¿Te acordás?

El frío era más fuerte. La tarde más oscura. El mar empezaba a calmarse. Las olas llegaban a desmayar suavemente a la orilla. A lo lejos, asomaba una vela de balandra.

—Sentí pena y coraje. Hubiera querido matarlo a ér. Pero después vi que lo mejor era vengarme: yo conocía a Andrés. Sabía que con ér solo te esperaba er palo y la miseria. Así que ér sería mejor quien me vengaría… ¿Después? Hei trabajao mucho, muchísimo. Nuei querido saber más de vos. Hei visitao muchas ciudades; hei conocío muchas mujeres. Solo hace un mes me ije: ¡andá a ver tu obra!

El sol se ocultaba tras los manglares verdinegros. Sus rayos fantásticos danzaban sobre el cuerpo de la chola dándole colores raros. Las piedras parecían coger vida. El mar se dijera una llanura de flores polícromas.

—Tei hallao cambiada ¿sabés vos? Estás fea; estás flaca, andás sucia. Ya no vales pa nada. Solo tienes que sufrir viendo cómo te hubiera ido conmigo y cómo estás ahora, ¿sabés vos? Y andavete que ya tu marido ha destar esperando la merienda, andavete que sino tendrás hoy una paliza…

La vela de la balandra crecía. Unos alcatraces cruzaban lentamente por el cielo. El mar estaba tranquilo y callado y una sonrisa extraña plegaba los labios del cholo que se vengó.

LOS MADEREROS

Joaquín Gallegos Lara

—Esta madera se la robamos a una viuda pa otra viuda.

—¿Y vos crees que la der tamarindo no se calienta?

—Tarbés...

—Puede pasarnos argo malo... Atacarnos er tigre u llevarnos argún hombre la sarvaje...

Fumaban para hacer humito, pues el güitife ardía sobre ellos en densas masas. Y ni ese humo los contenía.

Eran las doce. El calor llenaba la montaña de madera de un gran silencio. Pasaron los últimos loros hacia el oeste:

—Guerre... Guerre...

No había una nube en el azul. El río correntoso no reflejaba el cielo. Se veía blanco y estriado por el andar del agua.

Los madereros callaron chupando sus cigarros. Tan grande era el silencio a ratos que solo se oía el carraspear de sus uñas en la piel rascándose.

O abajo, al pie del playón de vaciante, el brusco del chapuzón de algún guachinche.

Con placer, contemplaban los dos hombres tendidos ante ellos en el playón a sus tiburones de vientre rojizo —las alfajías—.

Lama babosa nacida al beso de las mareas las cubría. En la cáscara, se adherían cangrejitos. Y en las puntas, en las heridas collar que abre el hacha para sujetarlas, se incrustaban caracoles. Unos delicados caracoles de agua dulce y de lodo.

* * *

—¿Oíte, Liberato...?

    —¿Qué?

    —¿Vos viste la marca er tigre?

    —La hei visto, Caslo... ¿Y vos?

    —Yo también... ¡Er tigre ese es malo!

    —Y ya todos se han fijao en que me pisa la güeya. Y te juro, Caslo, que yo no le tengo miedo... Y sin embargo cuando er tigre le pisa la güeya a uno es porque ese le tiene miedo y ar fin se lo yeva... ¡A mí no me va a yevar!

    —¡No sea pendejo, hombre! ¿No ices que vos no le tienes miedo?

    —Pero ar que le pisa la güeya, se lo yeva... ¡Y también a mí me ha gritao la viuda!

    Por entre el pelambre de un verde sombrío de los árboles pasó el fijazo de un sonido.

    Era un cacho[54]. Al apagarse, fue surgiendo muy lento un canto largo. Un canto de amorfinos. Cuya letra se perdía, pero cuyo dejo cuando se oye no se borra nunca de los oídos. Porque es tal que el zumbido del güitife o el grito de los aguajes. Y se apaga con el mismo dejo que el chillido del perico ligero.

    —¿A vos ti ha llamao la viuda er tamarindo, Liberato?

....

[54] Cuerno de animal que, al soplarlo, produce un sonido intenso como de aviso o señal.

158

—Mi ha llamado, Caslo... Por mi nombre e Liberato Franco...

Las yuntas desembocaban por la vuelta de la manga. En la pampita del playón. Los peones a caballo cantaban aún. Dirigiendo con sus palancas puntonas el andar de los bueyes.

Un rumor de truenos vagos y una polvareda se alzaban tras las alfajías. En medio, corría el hilo del chirriar de las toscas ruedas de rodaja de tronco del árbol.

Los bueyes gigantes de petral[55] de montaña y pezuñas de hierro tiraban con un impulso continuo de los tiburones de palo, de barriga roja medio descascarada.

—A mí me ha llamao la viuda... A mí er tigre mi ha pisao la güeya...

* * *

Todos los zambos eran así. Parecían sacados de las mismas prietas alfajías.

Eran de cueros ásperos, curtidos, que solo el pinchazo mínimo del mosco traspasa.

Con la yunta que acababa de llegar, Liberato y Caslo estaban contentos. Eran figueroas y nigüitos. Árboles que tienen trescientas capas de fibra, viejos —cada capa es un año— viejos hasta haber visto pasar al pie suyo a los huancavilcas.

—Con una yunta más, tenemo pa dos barsas... Pasao mañana comenzamos a barquear...

—La una barsa es par Pailón, ¿no?

....

[55] Correa o faja que, asida por ambos lados a la parte delantera de la silla de montar, ciñe y rodea el pecho de la cabalgadura. Se aplica aquí a los bueyes que están cinchados y que jalan duros pesos, en este caso, maderas.

—Sí, y la otra e nigüito pa la viuda e por la calle El Oro.

* * *

—Hasta mañana e mañana no vorvemo pa dentro. La montaña e noche es medio jodida; mejor es pasar cerca er río…

La gente pasó la tarde acomodando las alfajías para facilitar la próxima barqueada.

Cuando uno de aquellos palmeros descansaba en los hombros de ocho morenos, alzado en el aire, nadie respiraba.

Se movían cubiertos de sudor, desnudos por completo, a pasos cortos. El peso no los dejaba desligarse bien de la tierra.

Hacía volverse a cada uno un retoño. Un retoño clavado por las diez y seis raíces de sus piernas al tronco del suelo. Y que reptaba como un lento cientopiés.

—Up… Up…

Las gargantas contraídas por la tensión de todo el cuerpo daban un tono especial al grito de ánimo.

—Up… Up…

Y con la rapidez de su peso dinamizado, la alfajía resbalaba sobre las otras alfajías. Con un salto de bufeo.

A las cinco, refrescó el día. Ya los palos estaban muy abajo en el playón. En orden para el amarre de las balsas.

* * *

Los hombres se acercaban a la candelada. Uno de ellos cocinaba. Muchos pelaron verdes y los metieron a asar en las brasas. Se sentaron rodeando la olla de la que se elevaba un olor a pescado.

Liberato y Carlos vinieron.

—¿Ta ya?

—Vo a servís.

Oscurecía. Una lluvia de tierra parecía caer. O más bien un vaho negro se alzaba de la manga, de los brusqueros del mismo río.

—Patrón, ta mañana hemos visto ar tigre…

—¿Sí? ¿Ónde?

—Tábamo amarrando la yunta… Tarbés quería asustajno los güeyes… Pero yo dende que sentía quedarse callaos a los micos y salir volando a una paba e monte le ije a estos: «¡Er tigre!». Y aunque era e día, hicimo una candelada… Lo vimo e lejos… Agazapao. Solo li alumbraban los farolotes en lo oscuro er monte.

Intervino otro:

—Benavide, ¿y vos no crees en lo que icen que le pisa la güeya ar que le tiene miedo y ar fin se lo yeva…? ¿ah?

—Claro, yo luei visto.

—¿Cómo jue?

—A un longo… Un longo medio loco… La viurda er tamarindo lo llamaba…

Carlos dio un salto. Lo mismo que su amigo.

—Tábamo barqueando mangle… Pa abajo. Onde los cholos. Teníamo una ramadita arta. Ér nunca quiso dormir abajo. Y er tigre le empezó a poner la pata en la pisada. ¡Dende ahí le cogió un miedo!… A la oración no más y taba ya trepao en la ramada.

—¿Y lo llamó la viuda er tamarindo?

—¡Qué va!

Benavides sonrió como quien conoce.

—Yo luei oído…

Acaso todos tenían un escalofrío en el espinazo. Y la oscuridad venciendo ya en su pelea con las latigueantes lenguas del pelo de la candelada.

El río era de tinta. Una chaguís[56] gritó y encima graznó una lechuza. Se lo comía seguro.

—Yo luei oído… Ej una voz tar como e vieja. Medio como er grito er patillo u de las marías… Y toítas las noches no fartaba er grito… Argo como: «Juan ben p'aca».

—¿Y ér qué hacía?

—Taba pior. S'enjuermó de miedo. ¡La diarrea lo mataba! Se puso amarillísimo. Y una noche, víspera e regresa par Guayas, er tigre se lo llevó. Di arriba e la ramada mismamente itando nojotro abajo. Tuavía me parece oír el grito que pegó. ¡Y cómo había prendido un candivi er bruto er tigre llevándolo en er jocico!

En la cara del hombre espejaban el fulgor de la candela. El que había cocinado, recogió los mates vacíos.

Liberato arrojó lejos un pedazo de verde asado frío y sonrió:

* * *

—¿Er murciélago ej er mesmo quer vampiro?

—No, er vampiro es más grande…

—Ven a ver quei matao. Taba chupándome el dedo grande der pie.

—Entonce es vampiro.

....

[56] Pájaro pequeño de colores rojo y negro, que se encuentra en abundancia en el litoral.

Carlos separó la frazada y se sentó en los cueros de chivo. La luz del candil movía agigantadas a las sombras de los dos y las hilachas colgantes de la paja del techo, sobre el follaje cercano de los nigüitos.

Fue hasta su amigo. Se agachó sobre el murciélago.

—¿Luas matao der todo?

—Fíjate. Creo que sí. ¿Ices p'haceslo jumar cigarro, no?

Al ir a tocarlo con un palito, el vampiro aleteó y zigzagueó dos saltos. Ellos retrocedieron. Como el bicho estaba cojo, se volvió a quedar inmóvil. Como estúpido.

Entonces lo amarraron de las dos puntas de las alas, templándolo, con dos zapanes.

Liberato extendió su cigarro y, antes de que se lo pudiera impedir Carlos, lo hizo fumar al murciélago.

—Ah, pendejo... Ya te jodiste...

—¿Por qué?

—Li has dao tu cigarro. Y cuando el murciélago juma un cigarro empeazao, trai esgracia pa er que lo jumó más primero.

Ya no le divertía ver la punta del cigarro dauleño como un carbón encendido. Ni los gestos del bicho.

—Hácele la contra...

—¿Cuár?

—Méatele encima...

Liberato cubrió con el chorro salino a la bestezuela apagando el cigarro.

Y no podían dormir.

* * *

Amarraron los caballos y los bueyes. Un peón se puso a cuidarlos. Espantaba los tábanos.

Y con un bejuco golpeó la yerba para hacer salir las culebras o los gusanos pachones[57].

Los tumbadores empuñaban las hachas, blancas de feroz filo, no de nuevas. Y comenzó el trabajo.

No sudaban todavía. ¡Como hacía tanto fresco! Y los gavilanes de las hachas le daban claras chispas de regalo al sol mañanero.

Todos estaban alegres. Al día siguiente, navegarían. Y pasado mañana en Guayaquil. Ya se veían en el Malecón por el Conchero. Tomando cerveza en cualquier salón. Porque, si bien ellos no despreciaban el puro, preferían la cerveza.

—Ajuma meno y hasta alimenta.

Benavides se había cogido con su figueroa medio cortado. Después de poco rato, podía gritarles:

—¡A ver! ¿Tan bien puestos los cabos? Va a caer…

Se apartaron expectantes. Del lado que le dictaba su cálculo de maderero viejo, el hombrón esgrimió el hacha en los postreros golpes.

—¡Guarda abajo!

Cayó con estrépito impensado.

Rozaba el follaje contra follaje.

Tropezaban las ramas contra las ramas quebrándose con un brutal crujido.

Y el trueno grande del tronco que hacía temblar la tierra y repercutía en los ecos de la soledad.

Se sentían sordos, pero corrían al ramaje. Solían haber huevos de pava o de gallina de monte. O miel de mosquiñaña[58].

Uno vio a tiempo:

....

[57] Pausados, tranquilos.
[58] Tipo de insecto que vive en la costa ecuatoriana.

—Cuidao los cubos…

Benavides le contestó saltando adelante entre las temibles avispas que se habían alzado zumbando en dorada nube:

—¡Yo dentro: qué ñoña! ¡Pero la miel es mía!

—Si es quiai…

Otro saltó también:

—Ajá. Ya sé por qué dentras sin miedo: sabes la contra: morderse la punta e la lengua…

Con las cotonas, espantaron a los cubos. Pero no había miel.

* * *

Delante del ramaje del nigüito caído le nació la idea. ¡Verán que podía!

—¡Ah! ¡Pa eso soy hombre!

Un arranque y:

—¿Y si es verdás? ¿Si toi maliao? ¿Si er murciélago y la viuda er tamarindo y la pisada e la güeya? ¿Y si toi pa morís nues lo mesmo en la ramada que acá?… Güeno pue; suejte u tripa…

Con el machete cortó la rama. Una rama de nigüito derecha como una voluntad. La peló y gozó en palparla.

Era un trazo blanco. Una palanca redondita, no muy gruesa, en cuya punta amarró, con recios zapanes del mismo árbol, su tetillera, fino relámpago de acero.

* * *

—Vo a sacajte l'alma… Pa que vayas a ecisle a la viuda er tamarindo que me cago en ella y en la perra que la jaló e las patas…

Se había quedado atrás de las yuntas, era tarde. Montado en su rosillo-parejero.

Carlos le había visto la palanca hecha lanza:

—¿Qué vaj a hacer? No te quede atrás…

—Vos verás. No tengas cuidao…

Y el socio que atornillaba supersticiones contra Liberato sonreía cuando se quedó atrás mascando insultos contra el tigre.

* * *

¿Cuánto tiempo lo esperó? No sabía: perdió la cuenta de las horas.

Le tenía el caballo puesto de cazonete[59]. Amarrado pastando por allí.

Y él —sin arma de fuego— lo acechaba a poca distancia. Porque le había nacido en el pecho un odio feroz contra esa bestia que lo insultaba. Que le hacía la afrenta de llamarlo cobarde pisándole la huella.

Estaba inquieto; el corazón le pateaba, cierto; pero eso no era miedo. Si tuviera miedo, no lo esperara.

La mano le sudaba trincando el pescuezo liso de la palanca. La apretaba de tal modo que parecía querer hacerle sangre o asfixiarla.

Una hora de mediodía. Las dos y media. Las tres acaso. Los animales callaban hacía rato; tal vez del calor, tal vez del tigre cercano.

En un brusquero de raíces. Con manchas de sol filtrado, encima, se agazapaba Liberato Franco esperando a su enemigo.

....

[59] Tipo de nudo que consiste en un amarre con una estaca atravesada, con resistencia en el nudo.

Lo consideraba como a un hombre. Como a un hombre odiado —el que nos roba la mujer, por ejemplo—.

Se entretuvo: vio por un hueco un chorro de hormigas guataracas. En una pocita de agua saltaban pejesapos. Una ardilla lo miró con sus ojos dulces, en medio de la carrera, y de pronto quedó inmóvil.

Único indicio.

Enseguida, vio los dos globos glaucos y fosforescentes frente al caballo. Metidos en el suelo casi. Poco a poco, distinguió su contorno gracioso de gato grande. Divisó el rabo que como un bejuco silencioso brincaba resortescamente sobre los flancos. Así, tendido, bajó, bajó, se alargaba hasta verse larguísimo.

—¡Langaruto!

Liberato también tenía los ojos con luz. El cuerpo tenso. Y la palanca que en el minuto aquel alucinado vio tan blanca y luminosa como cualquiera de los rayos del sol filtrado del ramaje estaba recta, quieta. ¡Ah! Estaba seguro de su pulso.

No lo perdía de vista. Todos sus poros atendían y se alistaban limpiamente. El corazón le bailaba terribles pasillos. Se le había subido el pescuezo: allí lo sentía, pero ¿qué importa que salte el corazón si el cuerpo está quedito?

Lo malo era que el tigre podía oír los saltos del corazón. Porque en verdad era una pelota: ¡cómo brincaba!

Llegó el tigre al límite del brusquero y se detuvo.

Pasó una ráfaga tumbando ramas secas y frutas del pan viejas. Soplaba del tigre al hombre. No del hombre al tigre. Era favorable.

Y después decían que la viuda del tamarindo lo había llamado. Si ella lo odiara, soplaría viento contrario con el abanico de sus toquillas.

¡Qué lindo era el pecho de la bestia! ¡Blanco como el Guayas al mediodía! ¡Parecía de cola de garza! ¡Y le esponjaba tan fuerte como el suyo!

—Si a vos te nada er cuero a mí también —se susurraba Liberato.

Lo demás fue breve.

Saltó simultaneo al tigre porque le tenía así de cuñado.

Al tigre le falló el salto —¡hasta bruto era!— y, en lugar de caer en el anca, cayó al lado rasgando solo apenas al caballo.

Miró el tigre al hombre, pero no tenía tiempo de calcular bien. Le saltó encima fallando de nuevo.

Los dos empujes se unieron matemáticamente. Y se fue toda la tetillera fulminante —él creyó que se ahogaba en el rugido— y se fue adentro con ella una cuarta de la punta de la palanca.

Liberato sudaba frío y se figuraba que de un momento a otro iba a escupir el corazón.

El parejero rosillo con el tigre cruzado al anca —el mismo tigre que lo había hecho relinchar de espanto y encabritarse y corcovear— dejó una polvareda en las vueltas de la manga.

* * *

—¡A Benavide, por áhi viene ño Liberato!

—¡No juegue, hombre! Ño Liberato ta en la barriga er ti...

Cuando Liberato saltó del parejero y desamarró el cuerpo del tigre, haciéndolo caer como saco de papas, todos lo rodearon.

—¿Vieron? ¿Vieron? Er murciélago se jumó mi pucho e cigarro y er tigre er pucho a mi lanza... Jue a ér

168

quien le gritó la viuda er tamarindo y yo quien le pisó la huella... Ja, ja, ja, ja...

Se sentía alegre tras el susto pasado.

—Y sepan cara que yo no creo en brujerías ni en abusiones. ¡Áhi ta!

Benavides decía a uno de sus compañeros junto a las balsas ya preparadas y viendo reír al hombre:

—Ejte ej un montuvio der tiempo pasao...

EL CHOLO QUE SE FUE PA GUAYAQUIL

Demetrio Aguilera Malta

.

—Guayaquil…

Tal que voz de mujer amada y lejana. Tal que machetazo que parte el corazón. Tal que cosa deseada e inalcanzable. Le brincaba en el oído y en el alma. Se hacía penosa la vida. Le hacía odiar las islas, las canoas y el mar.

* * *

—Guayaquil…

Le bían hablao de la gran ciudad. Dizque era enorme. Enormísima. Dizque tenía casas de todos los colores. Llenas de gente. Dizque, aunque lloviera —los crestianos usaban unas cosas raras pa taparse—, naide se mojaba. Dizque llegaban a ella —quien sabe de dónde— barcos negros. Que echaban humo. Como cigarros que fumara la boca de dientes innumerables del río Guayas…

—¡Guayaquil!…

Le bían hablao de sus mujeres y de sus hombres. Las mujeres buenas y bonitas. De pechos macizos y caderas elásticas. Los hombres bravos y fuertes. Leales y generosos.

—¡Ah! ¡Guayaquil!… ¡Guayaquil!…

* * *

173

Y...

Cuando menos lo pensaba. Cuando la vida monótona y triste de las islas le bía atrapao —tar que una atarraya hecha con cuerdas de acero—. Cuando un horizonte gris y uniforme le bía tirao humo o comején en los ojos y tucos de mangle en el alma. Cuando bía orvidao que ar buen crestiano...

Sobre el estero. Tras de la última vuelta. Surgió una balandra, la Mercedes Orgelina.

Y la vela creció. Se hizo golpes de realidad en el tórax perla del ambiente.

Se empinó en mangle corpudo. Los demás se agacharon. Hubo frío. Unas cuantas sinbocas corrieron asustadas.

* * *

En la balandra salió Tomás Leiton. Dejó —con un gesto de pena— las viejas islas verdes grises. Se enroscó a su garganta la rabo de hueso de la angustia. Tuvo miedo. Quiso gritar. Deseó arrojarse por la borda. Hundirse en el mar. En ráfaga de recuerdo, se le apretó el corazón...

Pero...

Allá... En su cerebro primitivo. La guitarra del deseo. La eterna canción.

—¡Guayaquil!... ¡Guayaquil!...

Y llegó. La visión de balandras innúmeras —millar de agujas tejiendo en el blanco vestido de las nubes— fue en su primera visión.

Tal que un borracho se arrastró por la orilla. Con pasos vacilantes. Fastidiado. Porque se sentía un extraño. Porque le molestaba el terno planchado y recién puesto. Porque le dolían las botas indomables que antes no había llevado nunca. Y se llenó de dolor cuando se comparó con lo que le rodeaba. Y se sintió pequeño y miserable. Indigno de esas mujeres y de esos hombres que soñó, sobre un brusquero de ñangas enredadas.

* * *

Pero —cholo al fin— se decidió. No volvería más a las islas. Se quedaría en la ciudad. Trabajaría como un burro. De noche y de día. En cualquier cosa. Y pudiera ser…

Como ar crestiano…

* * *

Y trabajó.

Haciendo de todo…

Cargando en la plaza. Vendiendo carbón. Sacando leña. Se lo vio en la orilla y en el centro. Subiendo y bajando a las casas de los blancos. Sin detenerse nunca. Sin amigos y sin amores. Encerrado siempre en sí mismo.

* * *

¡Ah! ¡Guayaquil!

Cómo se le adentraba. Cómo se le metía en todo el cuerpo y en toda el alma. Se deleitaba en contemplar sus calles y sus edificios. Se emborrachaba de placer ante los millares de ojos vivos de las lámparas eléctricas. Mascaba en silencio —tal que sabroso manjar— el aire, el ambiente. Chupaba tal que el mejor puro de Daule una mirada de mujer o el cielo de una tarde de verano.

¡Ah! ¡Guayaquil!

* * *

Y él, que poseyó con la brutalidad de su cama insatisfecha. Él, que fue bravo y fuerte como nadie. Él, Tomás Leiton. El cholo de los músculos de acero. El cholo dominador de olas bravas y de catanudos en celo...

Él...

Un buen día lloró...

¡Maldita la vida!

* * *

¡Ah! Pero es que le había pasado lo que a nadie. Lo que no podía pasar ya más... Él, Tomás Leiton, se había enamorado de Guayaquil.

Y se había enamorado como de una hembra. Como de la más bella hembra que hubiera conocido...

* * *

Deseaba poseerla. En una posesión extraña y estúpida. Ser dueño de ella. Dominarla. Golpearla si fuera preciso.

Y al darse cuenta de lo imposible. Al darse cuenta de que eso no llegaría jamás...

Se hizo a la vela. Se lanzó al mar.

* * *

Ar buen crestiano...

Cómo le sonaba a ridículo y a hueco la frase humilde.

Ar buen crestiano...

¡Ja, ja, ja!...

Adentro —no sabía dónde—, pero adentro de él mismo. Cómo le bailaba el recuerdo. Cómo lo mordía la angustia.

¡Ah! ¡Guayaquil! ¡Guayaquil!...

MONTAÑA ADENTRO

Enrique Gil Gilbert

«Yo hei matao… Soy asesino… ¡Pero estoy contento! ¡No! No soy asesino… Hei matao porque a él le llegó la hora. ¡Nada más…! ¡Yo soy un desgraciao!».

«¡Un desgraciao! ¡Un desgraciao!».

Un perro aulló a la noche. La noche sollozó hiriente, con sarcasmo, a la alegría del hombre que acababa de matar.

* * *

—¡Leonardo, ya no puedo másj!

—¡Pero los rurales me persiguen!

—¡Taita, dame agüita! ¡Tengo ses!

Y todo por matar a un hombre. Es que los jueces viven bien y no saben lo que son ellos.

Leonardo huía, porque todo el que mata y tiene hijos tiene que huir.

La montaña brava lo amparó. Pero él tenía que llevarse a su hija y a su compañera. Y como una tumba inmensa abrió su boquerón una montaña de plazartes.

* * *

¡Cómo asustan los plazartes traicioneros!

Y Leonardo, hediondo, sudado, repugnante, nauseabundo, arrastrando a su mujer y cargando a su hija, intentó la travesía.

Cuando con el vértigo de huir profanaba con su machete aquellos jeroglíficos escritos por la muerte, parecían culebras que se le enrollaran al brazo. ¡Y cómo alzaba la montaña su látigo enorme para castigar al profanador!

Y cómo sus raíces grilletes lo sujetaban... lo sujetaban.

—¡Mardecida sea! ¡Por mí no m'importa!

Y era interrumpido el pensamiento.

«¡Taita, dame agua!».

—¡Desgraciaos! ¡Ya me la han de pagar, conmigo están!

Entonces sufría. Sufría inmensamente.

¡Su hija! ¡Su hija! ¡Su hija con sed! ¡Y él no podía darle agua!

—Leonardo, ¿cuándo salimos de esto? ¡Yo tengo miedo!

Un coleóptero[60] gigante, de un cuerno en la cabeza, pasó airoso, satisfaciendo su sed en un pozo de orines. ¡Ah! ¡Si él fuera como un bicho!

¡Mardecida sea! ¡Nacer hombre!

* * *

Una tarde.

Se estremeció la montaña.

Un ulular que corta la circulación en las venas, un ulular que aterra. Se embriagó el ambiente tranquilo.

....

[60] Tipo de insecto como el escarabajo, el cocuyo y el gorgojo.

Se vio cruzar veloz a un venado; una ardilla se paralizó, e inmóvil, quieta, parecía esperar la muerte. Un perico-ligero se quejó aún con más tristeza. Y corrieron no sé qué cuadrúpedos.

El espacio fue invadido por un millón de trinos asustados. Los pájaros volaron. Hasta los insectos brutos se guardaron en sus casas y huecos. Las iguanas pasaron temerosas remedando serpientes con sus colas.

Las culebras zigzaguearon veloces. Los árboles agitaban sus ramas como llamando la protección del cielo.

Leonardo estaba en el seno de la montaña. Sintió sobre sí el vaho del miedo. Sudó tan frío que palideció. Y confusamente comprendió:

—¡Er tigre! ¡Er tigre!

Quiso correr. Lo mejor era salvarse. Pero... ¿su mujer?, ¿su hija?...

Tuvo valor.

Lo mataría... iría donde él. Lo mataría..., lucharía con él.

Otro rugido.

Mejor era huir... ¡El tigre es grande! ¡La zarpa destroza el pecho! ¡Y gusta beber la sangre cuando todavía está viva la presa!... ¡Más que sea él se salvaría..., mejor que murieran ellas! ¡No! ¡Si era su hija! ¡Si era su negra!

—¡Leonardo, er tigre!

—¡Ay! ¡Ay! Taita, me come...

¡Mentira, qué miedosas eran! Lo hacían para que él fuera...

Pero ya iría... No había necesidad de que lo llamen...

Apareció, bello en su fealdad, manchado, no tigre sino jaguar: el pelo hirsuto y sucio de lodo.

¡Apestaba! A vómito, a sudor, a agrio, a defecación.

—¡Leonardo, mija! ¡Mija! ¡Mija!

El señor de la traición y la sangre con dos saltos como dos golpes abofeteó el espacio y las distancias se derrumbaron humilladas.

Pero no cayó sobre ellos. La víctima fue un venado.

—¡Ya no llores, mija!

—¡Bendito Dios que nos hizo gente!

—¡Quién sabe, mujer, quién sabe!

* * *

Siguieron internándose en la montaña.

Ya no había bejucos. Ahora sí era la montaña brava con toda su majestad traidora.

Los mosquitos en miles, ventosas mínimas del gran pulpo de la selva, mar verde, succionaron su carne.

Se cumplía la gran ley: devoraban para ser devorados.

Y la negra, la compañera, pensaba: «Pero ¿para qué mató…? Mejor hubiera sido dejarlo, hacerse el chino, dejarlo… ¿Acaso ella no sabía defenderse?… ¡Pero ér no era un cuarquiera cosa! ¡Si ér se robó a su negra no se la había robao pa otro! ¡A cuenta e que juera blanco…! ¡Porque ella era de él! ¡Era de él!…».

Pasaron bajo robles gruesos de oliente madera y porotillos de cabellera riza y espinoso cuerpo. Gelíes de desarticulados miembros y de los mil brazos que llaman al sol. Junto a los centenarios cascoles[61] de rugoso cuerpo y musculoso tronco.

....

[61]Árbol de madera muy dura, propio de las estribaciones de los Andes.

Pisaron sobre la grama y la paja blanca; se abanicaron con la llorona; comieron la tuna y apagaron su sed con la pitahaya.

Y todo entretejido por no sé qué misteriosa tejedora que enlaza la muerte y la belleza.

… Y en aquella maraña verde, los árboles danzan y se retuercen, al compás de los vientos… Se dijera bailarinas que se cansan y son obligadas a bailar… Y es él, el viento el que hace de música y látigo…

Pasaron: Leonardo, como viejo baquiano, recordaba su niñez de bajador de alfajías. Iba adelante, guiándose por el sonido del viento. O por las telarañas.

—¡Taita, tengo hambre!

—Oíte, negra, ¿tenés por áhi argún maduro e los que no hemos comío…?

—Ni eso. ¡Toíto se ha acabao!

—¡Taita, tengo hambre!

—Espera un rato.

Pegó la oreja al suelo.

—Sí, sí es. Parece que no… No…, sí es…, sí es…

Se levantó radiante.

—Camina un poco más. P'arribita hay un esterón…

La esperanza les dio fuerza y llegaron.

—¡Toma agua!

—No, taita…, tengo hambre… Quiero comer…

—¡Toma agua pa que aguantes un poco más!

—¡Yo tengo hambre! ¿Vos no tienes? Yo no quiero agua… ¡Quiero comer!

Y lloraba.

Leonardo miró a su mujer. Pálida, flaca, rotosa, desencajada la cara…

Y todo por él. Porque él había matado…

Miró a su hija: ¡angelito del Señor! Tan chiquita…, tan flaquita que estaba… ¡Si él se dejara coger nomás! Pero entonces seguro que lo mandarían a Quito, al panóptico[62]…

—Taita, dame argo pa comés… Yo quiero comés casne…

—¿Casne? ¡Pobrecita! Coma agua…

—No tengo sed.

Miró a los árboles. Una vez más las tunas servirían de alimento. Alzó el machete para tumbar una.

Una equis rabo de hueso pequeñita saltó entre la yerba e incrustó sus colmillos en la pierna de Leonardo.

—¡Barajo, negra, me morí! ¡Una equis rabo e hueso aquí en toa a guayabita, negra! ¡Me morí!

—¡No, Leo…! ¡Dios! ¡San Jacinto lindo!

—¡Ve, negra, las uñas ya se me pusieron negras! ¡Ni masque me moche la piejna!

Se ponía pálido. Lívido, con una lividez de fondo verde. La sangre le salía.

—Negra… Mi… ja… Mija…

Ya no podía hablar. El veneno obraba.

—Bea, mijita, a su taita… Ya tan más negras las uñas. ¡Bea la piejna morada! ¡Y no haber fósforo!

El día murió. La negra y su hija querían enterrar el cadáver.

Durmieron.

Cuando despertaron los gallinazos, no se atrevían a devorarlo. Tal vez conocían el veneno. Las hormigas lo invadieron.

—¡Mama, tengo hambre!

....

[62] Edificio construido de modo que toda su parte interior se pueda ver desde un solo punto. Esta designación se le dio al recinto penitenciario.

—Tu taita se murió. Rézale a san Jacinto pa que lo tenga con bien.

—Tengo hambre, mama.

* * *

Comentaban cuando se supo la noticia en la hacienda.

—¿Y el Leonardo izque se murió?

—Sí, mijo.

—¿Y la hija y la mujer qué se hicieron?

—Como ér le sacaba la madera e la viuda er tamarindo, tarbés…

—¿Se las quitó?

—Sí.

Seguían conversando el abuelo y el nieto.

—Agüelo, ¿y por qué se jugó el Leonardo?

—Porque mató ar patrón y lo hubieran puesto preso…

—Agüelo, ¿y es malo matar?

El viejo chupó el cigarro. Clavó la mirada en los ojos del futuro sabanero y contestó:

—¡Quién sabe, mijo, quién sabe!

El sol llegaba al cenit. No sé qué en su claridad reía y no sé qué en su claridad sollozaba.

Mientras acariciaba el viejo al nieto entre dientes, murmuraba:

—¡Quién sabe, mijo, quién sabe!

AL SUBIR EL AGUAJE

Joaquín Gallegos Lara

—Te quiero y nuai más…

—Y yo me río e vos…

Estaban frente a frente. Desafiante ella, él ardiendo. La balsa sufría el lento balanceo del aguaje.

Desaparecían los barrancos. Los árboles tenían el agua a la rodilla. La hierba se ahogaba. Culebreaban los rayos verdes de la fuga inquieta de las iguanas. Los alacranes de monte se refugiaban en las rendijas.

La Manflor[63] y er Cuchucho se miraban.

Era una balsa con ramada cuyo bijao ensopado parecía querer agobiarse.

Él vivía allí. Solo, soltero. La Manflor había venido. ¿A qué? ¿A provocarlo? ¡No! Había venido a lavar.

—Hei, Cuchucho, vo a lavar este quipe e ropa…

—Ta bien.

Pero no se contuvo. Dejó ella el sombrero de paja a un lado. Con una bateíta sacaba agua e iba lavando agachada. Cuchucho seguía ávidamente el dibujo de las caderas y de las nalgas, casi transparentadas por la pollera, en la posición forzada.

....

[63] Sobrenombre despectivo para personas homosexuales o para aquellas que poseen rasgos de ambos sexos.

Crujía la balsa. El aguaje seguía avanzando. La balsa subía con sacudidas que se dijeran nerviosas.

Algo tenía lavado y exprimido con esos brazos redondos de músculos medio varoniles, cuando un crujido más recio conmovió la carcasa. Se volvió:

—¿Qué jue? ¿Siunde el almastrote?

Muy adentro en los campos se veía el agua crecida hasta más arriba de la mitad en los troncos conocidos.

—Tamo solitos... Y no podemos salís de la barsa.

—¿Y la canoa?

—Nuai canoa.

Miró a Cuchucho dándose cuenta. ¡Qué cara de bruto tenía! ¡Cómo la miraba! ¿Qué se creería?

Él saltó; un salto vago, por saltar, como salta el camarón en las orillas, para hacerse ver.

Le puso una mano en el hombro:

—Te quiero, Zoila, te quiero...

—¿Vos? Vos no eres hombre pa mí... Yo me río e vos...

La voz de Cuchucho tomó vibraciones duras y dolorosas:

—Te quiero y nuai más...

—Y yo me río e vos... ¿Nuentiendes?

* * *

Entonces Cuchucho se acordó del apodo y de la leyenda. Así como a él le decían Cuchucho por enamorado, ella tenía su historia...

—Ajá, ya sé por qué... A vos izque no te gustan loj hombres, sino las mujeres como vos mesma. ¡Voj eres tortillera!

—¡Y más que juera! ¿A vos qué t'importa?...

Iba a saltarle encima.

La Manflor reía nerviosa. Mostrando la peinilla de sus dientes finos y parejos.

Un golpe muelle resonó arriba. Un cabeza e mate aislado de su banda perseguido por el aguaje saltaba al techo desde uno de los mataserranos de la orilla.

Miraron a lo alto. El pequeño felino se resbalaba sujetándose con las uñas por un guadúa. Quería llegar a uno de los palos de balsa de abajo. El techo crujiente y móvil no le agradaba.

—¿Vej ar cabeza e mate? —soltó ella con acento preciso.

—Sí, y ¿quiai?

—Ve.

Con un ademán breve y seguro —uno solo— arrancó el puntal donde estaba clavado un rabón y lo lanzó.

Tan fuerte fue cogido el gato salvaje que la punta del machete se hundió vibrante en el palo de la balsa, prendiéndolo como a una mariposa con alfiler.

Cuchucho se rio y le escupió su aliento encima:

—Yo no soy un cabeza e mate…

Y se aventó sobre ella tratando de alzarle las faldas.

Lucharon. Ella estaba furiosa y era fuerte. Él la deseaba y era hombre.

Cayeron debatiéndose.

—¡Mardecido!

Sentía la mano apretarle dentro, pellizcando la carne y el puñado de íntimos vellos.

Le mordió en el hombro. Babeándole la camiseta. Y en una vuelta lo pateó. Un seco puntapié a lo prohibido.

—¡Culebra!

Y la soltó con ganas de brincarle de nuevo.

La Manflor se llevó la mano al bajo vientre adolorido y retrocedió.

El aguaje parecía subir aún. Los campos seguían inundados hasta lejos.

—¡Pa las dos vacía!… ¡Y antes que vire l'agua vos tiras conmigo, so perra!

Le contestó con una carcajada:

—Vamo peliándolo ar jierro… Si me ganas ta noche, me quedo con vos… Duermo con vos en la barsa'sta mañana… Si te gano, no friegas más… ¿Quieres?

—Yastá.

—¡Jura que si te gano no me molestas más!

—Por esta cruz, negra. Y jura vos que me lo das esta noche si te gano…

—Ta jurao, por san Jacinto, mi patrón…

* * *

A los cuatro campanazos de los machetes, la marimacho hizo saltar al estero el rabón de Cuchucho.

—¡Ah! ¡Mardita sea!

Tenía que cumplir. Se quedó quieto. Después, se metió en el cuarto y se acostó en la hamaca. No decía una palabra. Y luego ella también había callado…

* * *

Bajó la marea como baja en aguaje. Antes de que hubiera caminos, Cuchucho asó un bagrecito y un verde y le brindó. Ella aceptó y comió seria, sin desafiarlo ya.

Al fin salió de la balsa.

—Ta otro día…

Caminó por la tierra enlodada de la que salían húmedas evaporaciones de caliente sol.

«¡Ta otro día!».

Y él sabía que no volvería más. Porque odiaba a los hombres y su contacto la mujer esa; era la Manflor...

Cuchucho empezó a arreglar sus cosas. Al día siguiente, se iba para Guayaquil.

Ahora, el estero estaba tan vacío que la balsa descansaba en firme sobre su cama de lodo.

Y no veía sino un surco, una herida llena de lodo —pus de la carne de la tierra— en cuyo fondo chorreaba un hilo de agua turbia...

TREN

ENRIQUE GIL GILBERT

I

Ellos los veían trabajar todos los días. Eran hombres venidos de la ciudad y gringos de sombrero alón, pantalones de montar y pipa en la boca.

Iban a ver cómo trabajaban. Pasaban horas y más horas contemplando cómo rompían la tierra con sus picos o echaban cascajo encima del relleno para poner unos palos acostados.

—Es el tren que va a venir.

Explicaban.

De entre ellos algunos, que habían estado por arriba, lo conocían.

Era un carro enorme que corría más duro que un parejero y parecía animal.

Arrastraba rabiatados una porción de carros. A veces gritaba «como chico llorón». Cuando avanzaba sobre los rieles —contaban los que lo conocían—, nada respetaba. ¡Y nadie les pagaba nada!

Así decían. Los otros escuchaban absortos.

Pero los gringos decían que iba a traer la civilización.

¿La civilización? ¿Y qué sería eso? Todos discernían y cada cual emitía su opinión.

—¡Er tren! ¡Er tren!

Ya sabían el nombre. Por lo pronto era bastante.

Los que sabían algo explicaban a los que recién venían, atraídos por la novedad.

Y los picos seguían rompiendo.

Había traído unos aparatos… ¡«más fregaos»…!

Eran unos tubos que los ponían sobre unas cosas de tres patas, largas como de gallaretas[64]. Por ahí aguaitaban… ¿Qué verían?

¡Ah! Pablillo había visto. Era para aguaitar unos palos que los ponían para verlos.

Pablillo se reía de los gringos.

¿No tendrían qué hacer? ¿O serían locos? ¿O brujos?

Una vez se le había ocurrido aguaitar y un gringo alto le había dado un soplamocos que no le dejó más ganas. Solamente de lejitos iba a ver.

II

—¿Qué te parece a bos?

—Pa mí questo ni me va ni me viene…

—¿No te han quitao nada e tu terreno?

—He oído argo de eso. Izque lo van a aspropiadás.

—Despropiadás, hombre.

—Güeno, yo qué sé.

—A mí ya me hicieron eso.

—¿Ajá y cómo jue?

—Vinieron cuatro gringos con un pilo e blancos…

—Ajá.

—Y me preguntaron cómo me llamaba.

—¿Pa qué?

....

[64] Aves de plumaje negro con reflejos grises. Se hace alusión a los palos donde duermen las gallinas, que son largos, para albergar a un buen número de ellas.

—Yo qué sé. Y yo les dije… que a quién le había comprao esto… Yo les dije que era e mi mesmo taita ya finao, que mi dejunto agüelo se lo había dejao, que me lo había dejao pa mí, que era eredasión…

—¡Qué preguntones!

—Después, que qué nomás tenía… Yo les dije que mi mujer y mis hijos, y se rieron toditos… Entonces me digieron que qué animales y qué propiedás… Tuve que decisjles todito… ¡Se pusieron a hablar y habla que habla! Después di un ratisísimo salieron dándome unos papeles y diciéndome que estaba despropiedao y que cobrara en la gobernación. «Si yo no quiero bender —le dije— porque eso era lo que más mejor arroz me daba». «Si es pa bien de ustedes», me digieron y se fueron sin hacesme caso. «Lo necesitamo», dijo un gringo y se jue dejándome con los papeles.

—¡Gringos desgrasiaos! Abusan porque son gringos.

—Sí, compadre.

—Si biera lo trabajosísimo quesj er papel pa cobrá. Si hay que pagar un pilo e cosas pa podés cobrá.

—Así son: cobran pa pagar.

—¿Y todo eso pa que benga un tren con la sebilización?

—¿Y cómo será eso?

—Dende ahora que a mí no me gusta.

—Como ha empezao…

III

Pasó algún tiempo. Los trabajos avanzaban. Las expropiaciones continuaban y el tren no venía.

Habían colocado las líneas. Al fin, un día dijeron que ya iba a llegar.

—¡Ya biene! ¡Ya biene!

Salían todas la mañanas a mirar por si acaso viniera. Pero no venía. Un día…

Vinieron unos señores elegantemente vestidos con un cura y bastantes señoras. Hubo fiesta.

—La inauguración —les explicaron.

—La nagurasión —se decían unos a otros—. Esto es la nagurasión…

Y se quedaban como si no les hubiese dicho nada.

Pero a los pocos días ya no trabajaban.

Las mujeres pusieron el grito en el cielo. Ya no había trabajadores sedientos que consumieran la chicha preparada por ellas. Ya iba a llegar el tren. Una curiosidad por ver algo que no habían visto se apoderó de todos poseyéndolos con furia.

Seguían desgranándose los días y el tren no venía.

La espera había engendrado la duda y estaba a punto de nacer la incredulidad.

¿Cuándo vendría?

Salían a ver cómo las paralelas a modo de largos brazos de un ladrón desconocido se tendían sobre los terrenos que les habían obligado a vender. Contemplaban el sendero interminable con una angustia tonta. Se preocupaban más de lo que debían por conocer aquella máquina. Era una espera igual a la de los chicos en la Nochebuena.

—¡Ya biene! ¡Ya biene!

Se oyó un rugido espantoso. Los terneros balaron y huyeron. Los toros se miraron espantados. Las vacas quedaron enclavadas en el pasto. Los caballos tras un relincho galoparon. Los chanchos gruñeron de susto. A las serpientes se las vio pasar rápidas, como una lengua que lamiera, asustadas asustando a la gente.

Los hombres sintieron el temor innato que se siente ante lo desconocido. El rugido furioso apostrofó el silencio de la montaña cultivada.

El carro de hierro, negro, inmenso, arrollador, pasó tosiendo bulla y estornudando humo.

—Cuánta gente si ha tragao…

Todos sintieron la caricia del viento que dejaba tras de sí. Los viejos contemplaban con los ojos desorbitados tamaña cosa.

—¡Eso esj cosa er diablo!

Cuando pasaron el tren y el estupor vieron…

… Querían ver con serenidad… Y no querían creer en lo que veían…

Al fin… Como saliendo de un sueño…

Un harapo… Un estropajo, un despojo…

¿No sería la defecación del monstruo?

Se acercaron más y más.

Un hombre se adelantó. Tocó: estaba ensangrentado.

Era carne. Carne humana. ¡Por Dios! ¿Podía ser? Era un muchacho. ¿Cómo estaba allí?

—¡Pablito! —gritó una mujer—. ¡Pablito, mijito! ¡Mira a tu mama!… ¡Oy!… ¡Pablito!…

EL CHOLO DE LAS PATAS E MULAS

Demetrio Aguilera Malta

—¿Pa ónde vas?

—P'abajo. Onde ño Gumersindo. Vo a marisquiar.

—Ajá.

Mordía el viento —tal que un tiburón— el rostro prieto de ambos. Las canoas se unían. Grito de mar latigueaba de lejos el ambiente. Los mangles se dirían una extraña fila de centauros.

—Todoy hei cogío la atarraya. Y no hei hecho nada. Paece que las lisas me huyeran. Ademá son tan chocorronitas.

—¿Entonces?

—Ej que yo vo a marisquiar. Vo a coger pata e mula. Me gusta más que la concha prieta y er mejillón. Estas son muy pequeñas. Con ella no hay pa parar la olla. Si no se coge batantísimo.

—Ajá.

Gritaba una vaca de agua. Roncaba un tambulero[65]. Sobre el agua —tal lagartos innumerables— salían las figuras sepia grises de los bajos.

—Ta bien, pue. Ta luego.

—Ta luego.

....

[65] Tipo de pez que habita en nuestro litoral. Algunas especies son venenosas.

Ágil. Tal que lisa de pechiche. Brincaba la canoa. Domando las olas atrevidas. Desafiando al viento y desafiando al sol.

Pensó:

«¿Y si le huyeran las pata e mulas? ¿Y si abriendo sus valvas poderosas se arrastraran sobre la arena de los bajos? ¿Y si su canelete y su ojo avizor no lograran nada en la búsqueda afanosa?».

Rio.

Pata e mula. Pobre animal pegado —sin estarlo— al sitio donde nació. Imponente animal. Solitario animal. Fruto de inmovilidad del árbol extravagante del barranco…

Pata e mula.

* * *

Onde ño Gumersindo, con la marea baja. Cuando el viento sopla menos y es más transparente el mar. Cuando salen los cangrejos a celebrar sus raras fiestas nupciales. Cuando los ostiones se ponen tristes. Cuando los mangles inclinan sus frondas venerables. Tal que si pensaran…

Onde ño Gumersindo.

—¿Qué es de la Nica?

—Ta planchando.

—Ajá.

La Nica. La chola amada…

La recordaba. Prieta, dura, hermosa. Cómo le brincaban los senos y las nalgas. Daban ganas de morderla.

¡Ah! ¡La Nica! ¡La Nica!

Y como la Nica taba planchando… Volvió a su casa y empezó a bogar…

* * *

Muy a la orilla. Pa que no se espantasen. Silenciosamente.

Su vista de flecha punteaba la superficie del agua. Sorbía el horizonte marino. Tal que una taza de café.

Y al divisar a la pata e mula, le lanzaba el canalete. Y después —hundiendo la mano bajo el agua—, la sacaba.

* * *

—¡Ah! Pero la Nica…

Y —sin poderse contener— volvió. Onde ño Gumersindo.

Oscurecía. Se empinaban los mangles. Se callaban las islas. Mordía el anciano sol —con sus últimos dientes dorados— la ensalada extraña del estero.

—¿Qué es de la Nica?

—Ta ocupaa po arriba.

—Ajá.

—¿Querés decirle argo?

Se turbó.

—No… No… Solo quería ejarle pata e mula quei cogío.

—Ajá.

Elevó:

—Nicaaa… Nicaaa…

—Mandeee…

—Aquí ta Mamerto…

—Ajá. ¿Cómo ta, don Mamerto?

Tenía rabia. Rabia contra sí mismo. ¿Por qué era tan bestia? ¿Por qué?

Oscurecía —… Mardita sea…—. Oscurecía más y más. Las manchas grises de los árboles se confundían en las manchas grises de las nubes. Gris el cielo. Gris el agua. Todo gris.

* * *

Y esa noche —sobre el cuerito e venao— recordó. Claro. De la Nica.

La bía conocío po arriba. Una vez que barquiaban madera. Y la bía conocío bañándose. Desnudita. Medio oculta por un brusquero de ñangas.

Se bía acercao. Despacito. Conteniendo la respiración. Tar que un borracho.

¡Ah! Cómo era de linda la Nica. Cómo le bailaba toitita la carne. Cómo iba al echarse agua con un matecito parecía irse pa dentro el estero.

Hubiera deseado saltar. Brincarle encima. Tirarse sobre ella y sobre el mar. Pulsarla como guitarra de carne. Hacerla vibrar. Hacerla sonar.

Pero allá. A diez pasos de distancia, taba er viejo. Que jalaba er fierro como nadie. Que lo hubiera clavao ahí mesmo en er mangle.

Y esto quizá le hubiera importao poco. Pero… ¿y si la Nica le cogía odio? ¿Si solo iba a gozar de ella un momentito? ¿Por qué puej entonce no esperar? Día llegaría…

* * *

Y esperó. Esperó varios años. Desnudándola con los ojos cada vez que la veía. Sorbiendo un poco del aire que ella sorbía. Ardiendo bajo el sol que a ella quemaba.

La bía rinconao varias veces. La bía dicho:

—Nica, ¿sabés vos?

—¿Qué?

—Yo te quiero.

—Ajá. ¿Y qué?

La miraba intensamente. La cogía de un brazo. Trataba de besarla.

—No, no. Suérteme.

—Es que…

—No. No me diga naa.

—Pero Nica.

—¡No sea así, don Mamerto!

¡Mamerto! ¡Mardito nombre! ¿Por qué se lo bían puesto? ¡Mamerto! ¡Sonaba a salivazo! ¡Mamerto!

—Ta bien pue, Nica.

—¿De deveras, don Mamerto?

Y nunca. Nunca lo dejó terminar.

* * *

Esa mañana, el otro lo despertó.

—¿No sabés vos?

—¿Qué?

—Que la Nica se ha largao…

—¿Largao?

Fue como si le machetearan el cráneo. La sangre le brincó. Todo le dio vueltas.

* * *

¡Ah! Si las mujeres fueran tar que pata e mulas. Que las coge er primero que las desea.

¡Ah! Si fueran tar que pata e mulas. Sobre todo pa

ér. Pa ér que las divisaba dende lejos. Que solo tenía que meter la mano en el agua.

Mamerto: pobre cholo amasado con tragos de aguardiente.

MARDECIDO LLANTO

ENRIQUE GIL GILBERT

I

¡Solo!

Siempre la sabana lo sintió galopar solo sobre su vientre. Había pasado allí su valiente juventud, su arrogante madurez.

¡Solo!

Su relincho había atraído a la salvaje yeguada y había sido dueño de mil potrancas y padre de mil potros.

Hasta que un día...

La sabana se conmovió; un galopar furioso injurió su calma. Era un galopar fatídico.

El magnífico cerrero[66] irguió las orejas y un movimiento galvánico[67] de nervios recorrió su ser.

Miró...

Descubrió agazapado en un brusquero una especie de caballo. Si hubiera sabido mitología, hubiera pensado en un antecesor. Era algo a manera de centauro. Un relincho estridente como un reto se incrustó en el silencio absoluto de la sabana.

Aquella especie de centauro se adelantó de pronto y galopó en dirección a él. Sus ágiles piernas dieron

....

[66] No domado.
[67] Como eléctrico.

cuenta de las distancias más prolongadas. Tras él seguía al fatídico galope.

Silbaban sus cuerpos hiriendo el ambiente en calma. Sus piernas golosas de distancias se embriagaban de velocidad. Un zumbido no escuchado sintió sobre su cabeza y, al instante de escucharlo, un algo cercaba su cuerpo...

Fuertemente tirado, intentó un esfuerzo para desasirse de aquel dogal[68] maldito. ¡Fue inútil!

Se volvió iracundo. Su cuerpo cubierto de espuma brillaba y se sacudía ondulantemente. Tenía frente a sí un caballo que, como él, jadeaba y el sudor lo arropaba. Sobre el caballo había un animal para él desconocido.

Aquel animal tenía la cabeza flexible, ancha, como si fuera de alas el cuerpo recto y de un color raro. Estaba como clavado en el bruto. De sus manos —pegadas al pecho—, salía la cuerda que lo sujetaba. Lo quería obligar a seguirlo.

Al fin —después de una corta rebeldía— lo siguió reacio.

Atravesaron cien senderos. Miró millares de animales. Nervioso, se movía de uno a otro lado.

Entró a un lugar extraño. Había multitud de caballos y multitud de animales como el que lo había apresado, pero desmontados. Algunos tenían la cabeza en las manos.

Antes de su cogida, se contaban mil hazañas de él.

Fue el bravucón que buscó pendencia a los padres de las haciendas; fue quien nunca se dejó atrapar por el certero lazo.

....

[68] Cuerda o soga de la cual con un nudo se forma un lazo para atar las caballerías por el cuello.

Hasta que ahora, aquella especie desconocida de animales que siempre lo había perseguido había conseguido adueñarse de él.

Algo extraordinario debían ser para haber logrado hacerlo su presa.

Las inmensas turquesas de sus ojos se enturbiaron e inclinó la cabeza con resignación.

II

—¿Vos te vas a tirar ar chúcaro[69]?

—¿Y qué? ¡Si yo lo hei cogío!

—¿Querés que te sirva e padrino?

—¿Pa qué?

—Por si aca...

El chúcaro estaba ya allí. Se revolvía furioso. Tenía sobre él algo que lo aprisionaba. La barriga estaba sujeta también por algo. En la cabeza, le habían puesto muchas cosas que le estorbaban.

Un hombre se acercó a él.

Hizo un ademán y lo vio todo oscuro.

Un peso le salió de encima.

Rebotó herido en los ijares. Fue un salto estupendo. Un relincho de dolor y un alarido de triunfo del hombre que lo montaba.

El caballo se arqueaba, se contorsionaba, parecía una culebra fantástica su cuerpo, cuando en el aire tomaba mil posturas diferentes. Una cinta de papel movida por el viento era su figura, trémula por el ansia de deshacerse de cuanto le estorbaba.

....

[69] Dicho principalmente del ganado vacuno y del caballar y mular aún no desbravado.

—Arrea, ñato.

—Si te hace llorar, se llama Llanto.

—¡Me apuesjto ar potro!

—Boi medio galón de chicha.

El potro saltaba y saltaba como un bufeo. El hombre encima hacía prodigios de equilibrio de fuerza en las piernas. Las espuelas rasgaban la carne del potro que herido saltaba todavía más alto que la vez anterior.

De repente, se quedó quieto. Las narices dilatadas, los nervios en tensión, las venas abultadas, los músculos hinchados.

Sudado, parecía un bronce hecho vida por obra y gracia de la selva. Los ojos vivos, centelleantes, miraban a todos lados. El hombre encima se consideraba victorioso.

—¡Anda puesj, desgraciao! ¡U es que te fartan las juerzas! Pa eso isiste tanta bulla ayer. ¡Si sé lo que ibas a ser, ni te hubiera cogío!

Como si hubiera comprendido el reto. Alzó las patas delanteras y, dándose un impulso con las traseras, avanzó tal un avión que decolara.

El hombre gritó. No fue el grito de la alegría que produce el desafío del peligro. Fue un grito de dolor. Cayó sobre la albarda yerto.

El caballo galopó algunos instantes hasta encontrarse con una cerca. Se detuvo. Ya habían acudido tras él algunos hombres.

El amansador de potros era un guiñapo sobre el costado del cerrero.

Los ojos lo bajaron.

Tendido en el suelo, quisieron aplicarle los remedios más a mano.

Uno de los espectadores con la mano temblorosa señalaba una mancha de sangre. Aparecía la sangre como si hubiera cavado un pozo artesiano[70]. Escarlata viva, chorreaba por el pantalón, manchado sobre la ingle.

—Mira áhi… De áhi sale la sangre…

El dedo temblaba. Desabrocharon y vieron.

El hombre se levantó desorbitado…, trémulo…, pálido…, convulso, casi muriendo…

De los ojos infernales a causa del dolor, brotaron lágrimas.

Se llevó las manos al sitio dolorido y las retiró tintas en sangre.

—¡Ah! ¡Cabayo desgraciao! Mardecido Llanto… ¡Ahorita me las vas a pagar!

Sus ojos cubiertos de un velo de lágrimas buscaban algo. Se fijaron en la mano de uno.

Como se abalanza la fiera sobre su presa, se lanzó hacia el machete que había visto.

—¡Ah! ¡Desgraciadito!

Su mano en la cacha del machete lo impulsó.

Un brillo argentado[71] con la rapidez de un rayo fulgió bajo los ijares. Un río de sangre se desbordó y exhaló un relincho de dolor. Y galopó furiosamente con la velocidad inmedible que crea el dolor.

—¡Ah! Mardecido Llanto, ora sí estamo mano a mano…

Un estertor último y se retorció en el suelo.

....

[70] Pozo excavado a gran profundidad para que broten las aguas subterráneas. Aquí se aplica para mostrar que la herida del vaquero es muy profunda y que bota mucha sangre.
[71] Como de plata.

EL CHOLO QUE SE CASTRÓ

Demetrio Aguilera Malta

I

—Tenés que ser mía…

—No.

—¿No?… Ja, ja… Ta bien…

Saltó —tal que mono— sobre cubierta. Corrió hacia la proa. Desapareció entre los dedos fríos de la noche negra.

Sonaba el mar sus castañuelas. Gritaba el viento, tal que un roncador. Chirriaban las maderas soñolientas.

* * *

—Tenés que ser mía…

Ah.

La vio otra vez. Con algo en la mano. Algo como una blanca lengua luminosa.

—¡Desgraciao!

La lengua se hizo roja. Una extraña lengua que avanzó por la ramada. Que se prendió en la cubierta. Que se arrimó a las velas y a los mástiles. Que se irguió desafiante sobre la soledad del mar.

—¡Desgraciao! Le habís pegao fuego…

* * *

221

La arrinconó. En la popa. Casi envueltos en el vestido rojo de las llamas. Ella gritó. Corrió. Trató de arrojarse por la borda.

Pero...

El desgraciao se acercó más. El desgraciao la cogió. La apretó a su cuerpo. El desgraciao le clavó dos ojos que eran dos machetazos...

—Tenés que ser mía...

Por odio —casi a pesar suyo—, por odio le escupió en el rostro la palabra cortante:

—No.

—¿No?... Ja, ja... Ta bien...

* * *

El humo la ahogaba. El humo la hacía perder noción de todo. Le tornaba fiesta nupcial, la llamarada de la muerte.

Los brazos de él, entre tanto, la acogían propicios y potentes. Las llamas extendían sus labios rojos para besar sus cuerpos duros de mangle.

Saltó con ella al mar. Tal que bufeo nadó. Brincó sobre las crestas de las aguas violentas. Puso en sus labios la risa irónica del domador.

Pensó en los tiburones, en los catanudos, en las tintoreras.

Rio.

Miró a la chola inconsciente que su nervudo brazo sostenía.

Rio otra vez.

—Tenés que ser mía...

La balandra incendiada era apenas un punto luminoso en el horizonte.

*　*　*

Ya en la playa, la chola volvió en sí. La miró intensamente. Profundamente. Sonrió.

—¡Desgraciao!

—Tenés que ser mía… ¿No verdá?

La chola se acomodó mejor en la arena de la orilla.
Y…

*　*　*

Nicasio Yagual, hombre joven y fuerte, domador de mujeres y canoas. De atarrayas y tiburones. Nicasio Yagual
saludó a la mañana con la clarinada de su risa triunfal.

Nicasio Yagual tenía sed.

II

Tirado en el cuero e venado. Con dolor de recuerdo. Lo
que no tuvo nunca.

El pasado —tal vez que luz en neblina— se arrin-
conaba en su pobre cerebro.

El pasado…

El mar reía. Los mangles se empinaban. Las tijeretas
parecían querer cortar el vientre de la mañana indolente.

Ah. El pasado…

*　*　*

¿Cómo fue?

Pue dende chico…

La canoa. La canoa rápida. Incansable. Tendida
como una caricia al horizonte. El olor a pescao. El ves-

tido de humo. La zarpa luminosa de sol. Fiesta de arroz y de lisa en el cotidiano devenir. Agitación de nada que se alarga en los esteros… Encanto de inconsciencia. Ceguera triunfal de no iniciación en los secretos de la carne.

Y un día…

Fruta en sazón al fin, el latigazo de esa carne. El temblor de la caricia ignota. La mujer, la primera canoa de verdad. Para el violento estero de la vida.

* * *

Fue su prima.

Que un día arrinconó en una ñanga. Que un día abrazó brutalmente. Que un día tumbó sobre la playa. Tras un girón de rocas soñolientas.

Tal que un machetazo sonó un grito. Unas chaparras corrieron asustadas. El viento se llevó el secreto. El secreto ya propio de Nicasio Yagual.

* * *

Pero una tarde.

En el mismo rincón acogedor. Con la prima fragante. Bajo un sol de caricia.

Surgió el viejo de ella.

Y —claro— saltaron los machetes. Florecieron en relámpagos. Chocaron. Gritaban. Rugieron.

—¡Desgraciao! Tenés que casarte…

—No seas… No mei de casar con naide…

—Ya veremo e que te cuerguen las tripas…

—Ja, ja…

La chola vibraba como un machete de carne. Las ñangas empujaban. Las rocas parecían caminar.

* * *

Porque le abrió el cráneo al viejo. Porque lo buscaron por todas partes. Porque le dijeron que de noche el muerto lo andaba buscando en los manglares solitarios.

Nicasio Yagual se fue po arriba.

* * *

Ah. Po arriba…

En visión de relámpago, se vio sobre potros y sobre mujeres. Tirando el lazo y el machete. Desyerbando el arroz u ordeñando al ganado. Más hombre que siempre y que nunca.

Pero…

¡Mardita sea!

La mujer der patrón. La blanca fuerte y joven lo mareó. Tal que el mejor guarapo del río Daule.

Y como ella no lo quería. Como ella ni siquiera lo miraba. Como ella lo trataba con desprecio…

* * *

Esperó…

Días, meses, años…

Pero al fin —una tarde— el patrón le dijo:

—Nico, acompaña a la señora: va para Dos Revesas.

—Ta bien patrón.

* * *

Iban en silencio. Muy juntos y muy despacio.

Atravesando los enormes matorrales. Viendo de vez en vez la negra veta del carbón en formación. Espantando los puyones fastidiosos.

225

Faltaba algo todavía. Acaso una hora o más.

Él —de pronto— habló.

—Patrona…

—¿Qué, hombre?

—Usté es linda.

La blanca lo miró. Se echó a reír.

—¿De veras?

Él agachó la cabeza. Y casi entre dientes:

—Por usté… todito…, dende la vida…

Ella rio más.

Los caballos se aligeraban. Los tamarindos venerables parecían escucharlos y ofrecían sombra amiga…

* * *

No recordaba bien… Acaso él intentó poseerla. Acaso ella protestó. Acaso él la tiró del caballo. Acaso la golpeó. La golpeó demasiado. Acaso alguien le hizo daño después…

Acaso…

Pero.

Lo cierto es que lo buscaron. Para matarlo. Para guardarlo en la cárcel. Para quién sabe qué.

Porque a la blanca la encontraron medio muerta. Bajo la sombra amiga de un enorme tamarindo.

III

Tal su pasado.

Su pasado de don Juan de las islas. ¿Ahora? La tranquilidad. La paz. El refugio bienhechor del cuerito e venao. El silencio. La más preciada voz del que luchó.

Pescaría. Cogería lisas y parbos, roncadores y chaparras, corvinas y cazones. Tendería las redes —en abrazo brutal— sobre la carne móvil de las aguas vibrantes. Donde nació moriría. Su amada canoa —en marcha veloz— lo llevaría a los recovecos más oscuros de las ñangas.

Ah. Nicasio Yagual…

* * *

Pero…

¡Mardita sea!

De po arriba. Nacida ríos adentro. Extraña. Brava. Dominadora. Riéndose de mujeres y de hombres…

Llegó una mujer.

La Peralta…

Que dizque manejaba el fierro como naide. Que dizque se había comido a varios. A varios de po arriba.

* * *

Y —es claro— Nicasio Yagual brincó. Olvidó sus pecados y sus redes. Su silencio y su paz. Exploró —con ojo avizor— la selva monocorde de las ñangas. Se introdujo tal que anzuelo de angustia en las agallas grises de las islas.

* * *

Y la encontró. Sola. En su canoa de pechiche. Tal que una aparición. Regadora de cromos y de ruidos.

Le pegaba el viento los vestidos tenues al cuerpo triunfal. Los pechos saltones parecían sonreír. Las caderas opulentas tenían desdenes de dominación.

—¿Querés que te acompañe?

—No.

Las canoas se unían. Aunque ella tratara de evitarlo.

227

—¿Quién eres vos?

—Nicasio Yagual…

—Ah. ¿Nicasio Yagual? ¿Er que ha fregao a too er mundo por este lado?

—Sí.

Lo miró intensamente. Explorándolo.

—Bueno. Ta bien. Me largo…

—No. No te largas.

—¿No? Cuidado.

—¿Cuidao qué?

—Te va a pasar lo que ar difunto Banchón…

—¿Qué le pasó?

—Lo encontraron muerto en su canoa.

—¿De deveras? Ta bien… Pero no te vas.

—¿No me vo? Ya verás…

Se echó a pique. Rápida. Violenta. En su mano vibró el fierro. Ágil y luminoso.

—¿No me largo?

—No. No te largas… Pero espérate. Quiero ecirte argo…

Se acercó. Casi a tocarla. Le miró en los ojos.

—¿Sabés vos? Tú manejas er fierro mu bien. Yo lo mesmo. Hagamo un trato. Démono ar fierro. Y si tú ganas, haces lo que quieras conmigo. Si yo gano, serás mía.

La chola a su vez rio.

—Ta bien…

* * *

Se abrieron. Los pies en los bordes de las canoas agitadas. Con algo de sol en los ojos y de viento en los brazos…

Los machetes arrojaron serpentines de fuego. Tal que extrañas campanas latiguearon el ambiente con sus sones.

—Vas a probar Nicasio Yagual… Vas a ver cómo es una hembra e po arriba.

—Sí. De que te tenga en mi tordo. Y te haga gritar…

—Ja, ja… Te vo a quitar lo que te cuelga…

—¿De verdá? ¿Y entonces qué dejas pa vos?

—¡Desgraciao! Tápate este gorpe…

—Yastá.

Rojos los cuerpos vibrantes y los machetes brincadores.

Rojo el cielo.

Rojo el mar.

Rojo el sol.

* * *

De pronto Nicasio se hizo atrás. Ella saltó. Le echó el machetazo. Pero perdió el equilibrio. Sintió un golpe en la frente. Todo le dio vueltas.

Cayó…

Volvió en sí. Tirada estaba al plan de la canoa. Nicasio al pie de ella la miraba. Casi inconscientemente se tocó la cabeza.

Nicasio rio.

—No hay nada. Solo fue un planazo.

La Peralta medio se levantó.

—Me habís ganao… Yastá… Me quedo.

Nicasio la miró. Se inclinó. Le cogió los brazos. Y con una voz extraña. Sin saber cómo. Tal que borracho.

—¿Sabés vos? Tei ganao…, pero te vas… Yo hei fregao a too er mundo. Mei tirao a las mujeres quei querío. Hei macheteado a too er que se atravesó en mi camino… ¿Pero vos? Yo quiero que te largues… No quiero verte más.

* * *

La chola lo miró asombrada.

—No. No me voy. Me iré con vos… Onde quieras… Pa lo que quieras…

Nicasio saltó. Bogó. Bogó. Bogó con rabia. Sin mirar hacia atrás…

Los mangles se reían a carcajadas. Y las olas diminutas y perleras tenían un gesto irónico al paso de la canoa triunfante…

Pensó.

¿Qué sería? Le daba asco a él mismo. ¿Por qué no la tumbó como a tantas? ¿Por qué no le sorbió media vida sobre los pechos macizos y los muslos elásticos?

Ah.

Algo le gritaba adentro, no sabía dónde. Algo le volvía un estúpido. Lo amarraba la imagen de esa mujer. Lo inmovilizaba en la prieta canoa de pechiche. La hacía rodar como una ola más entre la fiesta de las olas chilladores. Lo hacía huir ante la Peralta que lo andaba buscando.

Y es que sabía que —para él— esa no era lo mismo que las otras. Que la deseaba de una manera distinta. Con deseo perenne extraño. Un deseo que no tuvo jamás…

Pero…

La Peralta lo arrinconó en un brusquero de ñangas. Se le acercó temblorosa. Aunque el otro quiso huir…

—¿Qué te pasa, Nicasio Yangual? ¿Acaso te han capao?

—No. Lo que pasa es que no me gustas…

—¿No te gusto?

Con gesto violento, se rompió el vestido. Y se acercó más…

Nicasio cerró los ojos. Vio remolinos de soles... Tembló. Pero...

Sintió que un cuerpo ardiente y duro lo arropaba como una llamarada. Hizo un esfuerzo más. Quiso apartarla. Inconscientemente, golpeó.

Pero...

Sintió una mano atrevida que le exploraba partes íntimas..., sintió que su carne le hacía traición. Sintió que los soles se le adherían por todo el cuerpo... Incendiándolo... Y no pudo más... Abrió los ojos...

—Ta bien, pue.

Se dijera que los mangles bailaban en la orilla, las canoas parecían ayudar...

IV

Pensó.

Él era bueno. Ahora que se buscaba a sí mismo —sin saberlo— lo había conocido. Creía en Dios, en la Virgen, en todos los santos... Creía que se iría al infierno... Claro... Así le había enseñado su padre... Y así había de ser.

Pero había algo que lo había mandado. Que lo había obligado a ser malo. A volverse un tiburón de mar de la vida. A matar hombres y a fregar mujeres.

Intentó rebelarse muchas veces. Pero todo fue en vano. Ese algo lo dominaba, lo poseía, lo arrastraba...

Ah. Pero se vengaría...

Se imaginó a esos cerdos que, perdida su potencia viril, solo piensan en comer y dormir.

—Ja, ja, ja...

Se vengaría.

La mañana vibrante y luminosa. El sol como una mano de oro tocando en las guitarras blancas de las nubes…

Un cholo en la playa. Y un machete en la mano del cholo…

De pronto, hay un relámpago. Hilos rojos tejen enredaderas de angustia en el inmenso vientre de la orilla…

El cholo corre con su trofeo inútil en la mano…

Corre.

Corre.

Corre.

Hasta que vacila y cae.

Una jaiba se acerca perezosamente. Un camarón brujo parece reír. Allá, a lo lejos, silba —con su aleta cortante como un puñal de carne— la tintorera audaz.

La Peralta ha encontrado el cadáver mutilado de Nicasio Yagual. Y no comprende —ni podrá comprender nunca— la tragedia del pobre cholo que se castró.

LA SALVAJE

Joaquín Gallegos Lara

¡La salvaje!

Viviña tenía ganas de conocerla. Se burlaba de todas las historias sin creerlas. Esta le daba el atractivo del incitante sensual: la salvaje raptaba a los hombres. Se los llevaba al monte. A tenerlos de maridos.

¡Los otros cuentos eran nada! El descabezao. La gallina e los cien pollos. ¡El ventarrón der diablo! ¡Bah!

No temía a los muertos. En cuanto a los vivos, los había probado. Cuando peleó con Toribio al machete. Por un pañuelo e la Chaba. Le rompió las costillas y delante de todos que gritaban:

—¡Cójanlo! ¡Cójanlo!

Lamió la negra hoja cubierta de coágulos.

Su ociosidad lo hacía vaguear. Acostumbraba a irse a dormir al monte. Y se iba a Güerta Mardita. Sin importarle una guaba la penación del moreno que estaba allí enterrado con la mujer y los hijos, a los que mató. Los que la cruzaban de noche decían que oían salir gemidos de bajo la tierra. Viviña oía únicamente el silbido del machete del viento tumbando ramas viejas y matas de plátano secas. Las congas haciendo huecos en los palos podridos. Y la noche caminando.

Oía tanto de la salvaje. Muchos guapos le confesaron:

—Si juese más alentao… Palabra que me iba pa dentro a buscasla…

La describían con una mezcla de temor y procacidad:

—¡Es güena caracho! Izque le relampaguean los ojos pior que ar tigre. ¡Tiene unos pechotes! Y es peludísima. Pero er crestiano varón que cae en su mano no vuelve más nunca pa lo poblao. Y ej imposible seguisla er rastro: tiene los pieses viraos ar revés…

Viviña se reía por dentro y contestaba:

—Ajá.

* * *

Y un día se marchó al monte. Compró unas chancletas serranas de cabuya. Se ciñó el crucerito. Y caminó p'arriba por las huertas interminables. Atravesó sabanas y bejuqueros. Rodeó las últimas haciendas. Hizo tres jornadas comiendo frutas, ardillas y conejos; bebiendo agua arenosa de los ríos.

Dormía enhorquetado en los árboles altos. Buscando los que no son vidriosos para no ir a derrumbarse en medio sueño.

La obsesión de la sarvaje lo seguía.

De día, nerviosamente, la buscaba tras todos los brusqueros. O metida en el hueco del tronco de los gigantescos higuerones. De noche, soñó dos veces con ella. Velluda y lasciva. Con su carne prieta que imaginaba igual a la leña rojiza de los figueroas.

Tan vivamente soñó que al despertar —poniendo en ello un poco de su burla de siempre— se acarició solitario.

—Bará que se mi ha parao. ¿Qué haría la salvaje trancada con este pedacito?

Con furia. Como en el tiempo en que se metía debajo de la escalera a aguaitar bajo las faldas de sus hermanas. Cuando era muchacho.

El árbol se estremeció. Cuando Viviña se sintió marear —«Ar fin casi es lo mesmo que er sapo de ellas...»—, una lechuza graznó. Follaje arriba su cabeza.

* * *

Al cuarto día, cruzó un río. Rioverde —pensó—. Era un canalón de verano. De invierno se llenaba. Ahora estaba medio de agua lamosa. Cubierto de una capa de baba pestilente.

Del otro lado, estaba la montaña. Bejuco. Bejuco. ¡Qué arbolazos! Y el silencio negro debajo.

Viviña había estado allí sacando madera. Pero no solo. ¡Ahora le pareció un brusquero enorme y cerrado! Donde no le daban muchas ganas de penetrar.

—¡Ahí tarbés ta la sarvaje!

Se quedó en la orilla de Rioverde.

Toda su vida se acordaría de la tarde que pasó allí. Sentado en un tronco caído. En una playita.

El silencio le daba miedo.

La quietud del brusquero gigante tras el cual había quién sabe qué...

Toda la gente tan lejos. El agua verde acostada con los brazos abiertos. Se aclimataba al prodigio... o enloquecía.

¿Con quién hablar?

* * *

De noche oyó rugir al tigre. La bestia lo olía. Viviña lo olió también. A verraco[72]. A perro sarnoso. A meao podrido.

En casa ajena no se hace bulla. Y allí se estuvo. Quedito. Sin palabras. Con la lengua seca y la boca salada.

El matapalo de muchos troncos era espeso y rumoroso. Quizás eso lo salvó. El tigre se contentó con un mono. Un mono alto, alto, que estaba agazapado más debajo de Viviña. Un mono igual a un negro. De barbas temblorosas. Y que del miedo gemía como un niño.

Saltó el tigre. El bultazo rompió el ramaje. Le pareció grande como un chumbote o un burro.

A la madrugada, lo despertaron gritos de pájaros que no conocía.

Empezaba a temer la montaña. Cuando clareó, bajó al suelo a beber. El agua inmunda le dio asco. No había otra cosa. ¡Y el susto da sed!

¿Y la salvaje? Nada.

Cada vez creía más que todo era un cuento. Rompió el bejuco a machete. Se cansó. Pisaba con temor la hojarasca: «Por si aca un rabo e güeso…». Avanzaría sin abrir camino. Deslizando su cuerpo ágil. Entre las enrevesadas atarrayas vegetales.

Desayunó zapotes que sabían a yerba. Comió guabas y caujes.

Al mediodía, de un garrotazo, mató un armadillo. Encendió una candelada y lo asó en su misma concha.

Pensó que no pasaría otra noche como la anterior expuesto al capricho del tigre. Encendería fuego y pasaría despierto.

....

[72] Cerdo. Desaseado.

* * *

¿Cómo se durmió en tierra? ¿Vino el sueño del olor agreste de las frondosidades de los árboles desconocidos? ¿Fue solo el cansancio?

Allí estaba. Caído como un tronco más. Rotas las raíces. Tumbado de espaldas en las hojas secas. Inmóvil. Y al despertar…

¡La salvaje!

Unos brazos. ¡Qué brazos duros y blandos a la vez, como el caucho! Una boca. Un caimito succionante y pegoso, que chupaba activo y de repente cesaba; se dejaba; parecía nada más ya que la pulpa dulce de una rara guanábana sin pepas.

Y un peso encima. Se iba dando cuenta. Los pechos —era verdad lo que contaban— eran redondos y tibios. A Viviña le recordaban los de una longa criada en el pueblo y que fue suya.

Se notó echado de espaldas. Apoyados los riñones en una raíz de higuerón.

Ese vientre en movimiento.

Y la sensación chupante y ruda del centro de esos muslos que lo envolvían con avideces de culebra. Y vino el mareo de amor.

Pero entre esas caricias, cada instante más multiplicadas y feroces, que en el extremo vibrátil de su ser le dolían y las gozaba, ¿qué sentía?

¡Ah! ¿Por qué?

Los brazos amantes le apretaban el cuello. Se ahogaba. Había tenido todo el rato los dos ojos de «ella» negros y llenos de luz llameante frente a los suyos. En la angustia, los vio borrarse y perderse en el apretón.

—No. Suerta… No.

Las palabras no sonaron. Tabletearon como martillazos dentro de su cerebro. Ya no se defendió. Ella encima, cálida, lo envolvía. Se le entretejía con brazos y piernas. Por los besos entraba en él el jugo de la montaña.

Y todo, todo, se le volvió confuso, turbio. Menos la palabra extendida, inacabable, que le retumbaba dentro:

—¡La salvaje!

ÍNDICE

TÍTULOS PUBLICADOS EN
ARIEL CLÁSICOS ECUATORIANOS